POÉSIES

DE CŒUR & D'ENFANCE

PAR

Chéri ALLAIS

Bachelier ès-lettres, Bachelier ès-sciences mathématiques
Bachelier en droit
Licencié en droit de la Faculté de droit de Bordeaux
Docteur en Médecine de la Faculté de Paris
Docteur en Chirurgie des Facultés de Lille, Lyon & Montpellier.

..... Parlons d'après notre âme,
Le cœur seul est poëte, ô Chénier! tu l'as dit.

Heureux qui peut de la jeunesse
Développer l'esprit en élevant le cœur,
Et remplir la double promesse
D'amuser et rendre meilleur.
Mme Veuve MARIE MENIER.

POÉSIES

DE CŒUR & D'ENFANCE

POÉSIES

DE CŒUR & D'ENFANCE

PAR

Chéri ALLAIS

Bachelier ès-lettres , Bachelier ès-sciences mathématiques
Bachelier en droit
Licencié en droit de la Faculté de droit de Bordeaux
Docteur en Médecine de la Faculté de Paris
Docteur en Chirurgie des Facultés de Lille, Lyon & Montpellier.

..... Parlons d'après notre âme,
Le cœur seul est poète, ô Chénier! tu l'as dit.

Heureux qui peut de la jeunesse
Développer l'esprit en élevant le cœur .
Et remplir la double promesse
D'amuser et rendre meilleur.
Mme Veuve MARIE MENIER.

———oo{o{o}o}oo———

1879

A MA MÈRE

Ma mère, mon bonheur, ô chaste et noble femme !
Foyer pur et sacré, d'où s'élança la flamme
      Qui fit épanouir ces fleurs !
Prends-les ; mon amour saint t'en fait une couronne,
A toi, dont la clarté sans cesse m'environne ;
      Et dans ma joie et dans mes pleurs
Oh ! tu seras toujours pour moi plus que moi-même,
Ton amour me grandit dans mon espoir suprême ;
      Et, si de mon obscurité
Je sortais triomphant, toi, fière et glorieuse,
Tu pourrais dire alors, à la foule envieuse :
      Il me doit sa célébrité.

A MON PÈRE

Je te dédie ce livre, c'est toute ma jeunesse ; il te témoigne une fois de plus ma plus vive affection pour toi.

A ceux qui m'aiment.

A ceux que j'aime.

A MON ÉPOUSE

Vous allez donc venir, aimable et radieuse,
Me promettre à l'autel une éternelle foi !
Qu'on sème sous vos pas, reine victorieuse,
Le laurier triomphal : vos désirs sont ma loi.
A plus bel avenir je ne saurais prétendre.
Oui, je serai pour vous l'époux le plus aimant ;
Pour nos enfants chéris le père le plus tendre,
Qui veillera sur eux avec un soin constant.

MA NAISSANCE

Oui, je me débattais dans le flanc maternel,
Lorsqu'un ange dans l'ombre, au nom de l'Eternel,
Invisible au chevet de ma mère éperdue,
A son fils bien-aimé, douce tête attendue,
Porta ces tristes mots :

                    « Ecoute ton destin,
Et la lugubre nuit qui voile ton matin
Sombrera tout à coup dans ta première aurore ;
Lorsque j'aurai parlé, si tu veux vivre encore ! —
Tu souffriras la soif, tu souffriras la faim ;

Tu blanchiras ton front sur un labeur sans fin ;
Tu seras le cœur noir qui toujours désespère,
Tu croiras au Seigneur et tu deviendras père,
Mais tu verras mourir tes enfants avant toi,
Et tes mille sanglots feront crouler ta foi.
Ton sort sera douleur, iniquité, détresse ;
Ceux que tu chériras trahiront ta tendresse ;
Tu seras bon, aimant, utile en ton chemin,
Mais tu rencontreras, comme un reptile humain,
La noire ingratitude à chaque pas blottie.
Tu sèmeras le blé, tu cueilleras l'ortie,
Puis, vieux, désabusé, seul, mauvais à ton tour,
N'ayant eu qu'une joie en ce monde : l'amour.
Infirme, dépouillé de tes visions blanches,
Tu te dessècheras comme un arbre sans branches
Jusqu'à l'heure où, ployant sous le faix des affronts,
Tu mourras torturé !... Veux-tu vivre, réponds ? »

« Et jaillisant du flanc qui s'ouvre et me délivre :
« Qu'importe, répondis-je, j'aimerai, je veux vivre ! »

L'HOMME QUI N'AIME LA FEMME

QUE POUR SA BEAUTÉ PHYSIQUE

> N'imite pas celui-ci, il n'aime que
> pour un instant.
> O adolescent jeune homme, n'épouse
> jamais une femme que pour sa
> beauté morale.

Francesca ne sait pas un seul mot de français
Et je ne connais pas la langue italienne ;
C'est un hasard qui mit ma lèvre sur la sienne ,
Et nous nous adorons tous les deux à l'excès.

Chaque soir, à genoux, aux pieds de mon idole,
Mes yeux sur ses yeux noirs, je rêve radieux ;
J'écoute de sa voix le son mélodieux,
Et sur l'air inconnu je brode la parole.

Si mon front est pensif, le sien l'est aussitôt,
Quand je souris, soudain son sourire rayonne ;
J'enferme dans ma main sa main blanche et mignonne,
Et j'énivre mon cœur sans besoin d'un seul mot.

Je préfère, Mesdames, notre amoureux mystère,
Nos regards éperdus, nos silences divins,
Aux entretiens menteurs, aux serments faux et vains !
Oui, les bonheurs muets sont les seuls vrais sur terre.

Ce qui la fait sourire ou la fait soupirer,
Je n'en sais rien : je suis l'amant d'une hirondelle.
Que murmure sa lèvre ? Au fond que pense-t-elle ?
Je l'ignore, et je suis heureux de l'ignorer.

Qui sait ? Elle est sans âme et sans esprit peut-être !
Si nous nous comprenions, nous plairions toujours ?
J'ai sa fraîche beauté, j'ai ses jeunes amours :
C'est tout ce que je veux, c'est assez la connaître.

Ses beaux yeux sont ardents, ses baisers sonnent bien :
Je n'en demande pas au bon Dieu davantage ! —
Nos corps, plus fins que nous, connaissent leur langage,
Et la nuit sur mon cœur j'entends battre le sien !

LA MORT D'UNE MÈRE

I

Ses yeux noirs étaient grands, mignonne, sa stature,
  Et son pas chancelant.
Cambrée, elle prenait sa longue chevelure
  Sous son petit pied blanc !

Elle était humble et douce, et pourtant radieuse ;
  Sous de célestes doigts
Une lyre en son cœur vibrait mélodieuse ,
  Et chantait dans sa voix !

En regardant passer cette mère pudique ,
   A ce riant aspect ,
Le plus sceptique aimait ; l'homme le plus cynique
   Etait plein de respect !

On adorait la vie , en la voyant à peine :
   Les cœurs étaient charmés...
Ame simple ! sa mort est la première peine
   Qu'elle causa jamais !

Ce n'est point une rose à l'orgueilleuse tête ,
   Au col droit et mousseux ,
Que la mort vient de prendre et qu'elle met coquette
   A son corsage osseux ;

Mais une violette à la tige penchée ,
   Aux timides émois...
Comment a-t-elle vu , cette fleur si cachée
   Dans l'épaisseur des bois ?

Jeune fille , elle aimait les soucis du ménage ,
   Elle allait , babillait !
Comme j'étais heureux , quand j'avais été sage ,
   Et qu'elle m'habillait !

Je n'étais qu'un enfant qu'elle était une mère...
    Doux lys évanoui !
Hélas ! le sort me fait devant sa tombe amère,
    Le plus vieux aujourd'hui !

II

Près du père , arbre triste où chantent deux fauvettes,
Ses deux petits enfants s'amusent , tout en noir,
On montre son portrait , on cache son miroir,
Et l'on a clos la chambre où pendent ses toilettes.

Devant son couvert mis , froid , rigide , entre tous ,
A table chaque soir , témoin sourd et de glace ,
Le siège de l'absente est là , vide , à sa place ,
Comme un cadavre ayant les mains sur ses genoux !

Autour sont les enfants ; en face , l'époux sombre.
Un fantôme charmant tient son œil ébloui ;
Muet, stupide, il songe au doux être enfoui ,
Et sa lèvre s'agite et cause avec une ombre !

Une serviette est là , pliée à tout jamais ,
Devant un verre aimé qu'on emplit par mégarde ;
Et si l'un des enfants , blonds chérubins qu'il garde ,
Rit d'un trop bruyant rire on refuse d'un mets ;

Tandis que de ses yeux coule une larme amère ,
Le père alors , montrant du doigt le siège vert ,
Le siège qui regarde assis à son couvert ,
Dit : « Fils , mange , sois sage , obéis à ta mère ! »

Nid désert ! deuil profond ! Bonheur sacrifié !
Plus de robe faisant son frou-frou comme une aile !
L'oubli s'est mis en marche , et la tombe infidèle ,
Ne garde même pas le trésor confié !

REPENTIR

Je souffre , je ne fais , enfant chétif et blême ,
    Que passer ici-bas.
Quand je tombe à genoux , quand je te dis : «Je t'aime !»
    Oh ! ne me chasse pas !

Je n'ai que ton amour , vois-tu , qui me soutienne ;
    La mort hâte mon pas.
La nuit , lorsque je mets ma lèvre sur la tienne ,
    Oh ! ne me chasse pas !

Et quand, t'en souviens-tu, étourdi de ma chute,
  Je te tiens dans mes bras,
Heureux, brisé, muet, une longue minute
  Oh ! ne me chasse pas !

JAMAIS

Je ne te connais plus ; non , je t'ai trop aimée ,
Puisque notre bonheur n'est que cendre et fumée ,
Reste dans ton chagrin , moi dans mon désespoir.
De quels yeux et comment pourrais-je te revoir ?
Et mon cœur songerait en te voyant demain
A ces beaux soirs d'hiver pleins de joie enfantine ,
Où je te récitais Musset et Lamartine ;
Tandis que tu rêvais en me serrant la main !

Je t'ai rendu ta clef, et, d'une âme incertaine,
Il me faudrait sonner à ta porte hautaine !
Me reconnaîtrais-tu ? Pourrais-tu me charmer ?
Qui sait ? après trois mois d'une absence lointaine,
Nous nous regarderions avec froideur ou haine,
Et tous deux étonnés d'avoir pu nous aimer !

Le piano joyeux a-t-il tu sa chanson ?
Les meubles n'ont-ils pas été changés de place,
Et mon portrait est-il au cadre de la glace ?
T'habilles-tu toujours de la même façon ?...
Puis autre chose encor — pardonne à ma folie !

Si je te revoyais, ta figure pâlie,
Un seul mot, un regard, un sourire moqueur,
Peut-être m'apprendrait que ton âme avilie,
Près d'un autre déjà se console et m'oublie !...
Et je veux épargner cet affront à mon cœur !

Telle qu'au premier soir, superbe, échevelée,
Dors en mon souvenir par le regret voilée.
Qui donc pourrai-je aimer sur la terre après toi,
Enivre tous les cœurs, suis ta route affolée ;
Dieu te fit pour sourire et pour être adulée,
Sois heureuse ici-bas, mais sois morte pour moi !

EN PASSANT SUR LE PONT-NEUF

A PARIS.

Ses cheveux sont flottants , sa taille ronde et frêle ,
Je passe à son côté , je regarde : elle est belle.
En elle tout est simple , en elle tout est pur ;
Elle a le front naïf , un doux regard d'azur ,
Une bouche ingénue et des tresses dorées
Qui versent la langueur sur ses tempes nacrées ;
Un ensemble rêveur , peut-être triste au fond ;
Sa robe bleue est longue et traîne sur le pont.
C'est une jeune fille ; elle a seize ans à peine ;

Quelque chose l'occupe. Est-ce une tendre peine,
Quelque sainte prière, un amoureux souci,
Qu'à pas lents dans sa route elle promène ainsi ?
Regardant l'eau qui brille et disparaît sous l'arche,
Le front un peu penché, souriante elle marche,
Un chapelet se joue en sa petite main,
Et du pied elle effleure à peine le chemin,
Pareille à la colombe ayant ployé ses ailes ;
C'est ainsi sur les flots que glissent les nacelles.
On dirait à la voir dans sa virginité,
Dans sa mystérieuse et calme pureté,
Un séraphin pensif, un doux ange mystique
Tombé du plafond d'or d'une abside gothique.

Dire que cette enfant, si belle de pudeur,
Avec ses grands yeux bleus étonnés de candeur,
Ses longs cheveux bouclés que la brise taquine,
Sera dans l'avenir peut-être une coquine !

SUR UNE TOMBE

Sur ton cercueil de plomb pèse une dalle énorme ,
Enfant ! n'est-ce pas trop pour tes fragiles bras ?
Si Dieu te redonnait et le souffle et la forme ,
Tu voudrais revenir , tu ne le pourrais pas !
Ah ! pourquoi ces barreaux, ces chaînes et ces marbres ?
La tombe , c'est la couche et non pas la prison.
Pensifs , à quelques pieds , libres sous le gazon ,
Laissons dormir les morts à l'ombre de grands arbres !
Vous avez donc bien peur, vivants pleins de rigueur !
Que ces fantômes blancs, aux yeux creux sans paupières,
Viennent vous reprocher l'oubli de votre cœur ,
Que vous mettez leur front sous de si lourdes pierres !

A Mlle ALIDA P.

Ne voile pas ta grâce, ô colombe inquiète !
Et laisse aller ce cœur que tu veux comprimer.
Aime, parle et souris ! énivre ton poète !
Ne crains pas de déplaire, enfant ! tu sais charmer !

Parle : ta voix plaintive est un orgue qui prie.
Parle ; mon être écoute et la lumière fuit.
Ta parole est plus douce à mon âme assombrie
Qu'un chant de rossignol à la rêveuse nuit !

Souris : ta bouche n'eut jamais de perfidie.
Souris , je dors encore et j'attends le réveil.
Ton sourire est plus doux à mon âme engourdie
Qu'à la terre glacée un baiser du soleil !

Aime : ton sein palpite et ta flamme est sacrée.
Aime : voici ma lèvre et mon cœur est ouvert.
Ton amour est plus doux à mon âme altérée
Que les pleurs de la nuit au sable du désert !

LES MOINES

SONNET

Loin d'un monde pervers aux décevants appas,
Fatigués de la terre et de ses vains scandales,
Moines, reposez-vous, à genoux sur ces dalles,
Les bras tendus vers Christ qui ne repousse pas !

Souffrez, priez, pleurez, mourez à chaque pas ;
Que vos blancs corridors, mystérieux dédales,
Résonnent seulement des bruits de vos sandales,
Que votre vie en deuil soit un vivant trépas !

Agenouillés au bord de la nuit éternelle,
Peut-être oublierez-vous les terrestres affronts
Qu'on lit à la pâleur morbide de vos fronts ;

Priez, et quelque jour, vierges d'amours charnelles,
Dans le linceul du froc, à tout disant adieu,
Vous trouverez enfin le suicide en Dieu !

AUTRE

Comme des feux-follets et des flammes lutines,
Les Chartreux à l'appel de la cloche d'airain,
Sous de pâles falots courbant leurs fronts chagrins,
Se glissent dans le chœur et vont chanter matines.

La robe aux plis traînants, des formes clandestines
S'agenouille, se lève autour du vieux lutrin ;
Morts-vivants échappés du tombeau souterrain,
Ils disent les versets des prières latines.

Moi, près de ma maîtresse et libre de souci,
Mon labeur achevé, pendant qu'on prie ainsi,
Du doux bonheur d'aimer et d'être je m'enivre.
Du poète amoureux ou du moine pieux,
Quel est celui, Seigneur, qui te comprend le mieux ?
M'as-tu fait pour mourir ou m'as-tu fait pour vivre ?

LETTRE A UN AMI

QUI VOULAIT ÉPOUSER UNE ANGLAISE

La vierge assise sur ce banc,
Par le feu pur de sa prunelle,
Par le fleuve d'or qui ruisselle,
Sur son col fin de cygne blanc,
Par sa joue en fleur et vermeille,
Par son doux front, par ses yeux verts,
Par sa taille de frêle abeille,
T'a mis la cervelle à l'envers!
Ami, prends garde, elle est trop belle.
L'eau limpide de ses beux yeux

Que frange une noire dentelle,
Comme un lac pur et radieux
Que le zéphir caresse et baise,
A peut-être un fond de rocher :
Et son long pied de blonde anglaise
Dit qu'elle marche et fait marcher.

MON DERNIER DÉSIR

Lorsque je recevrai sur mes lèvres altières
　　　Le baiser de la mort,
Oh ! ne me portez pas dans ces blancs cimetières
　　　Où côte à côte on dort ;

Où , sur les tombeaux gris , des formes désolées
　　　Poussent de longs sanglots ;
Où sans cesse on entend dans les mornes allées
　　　Crier les chariots !

Je ne veux pas avoir une dalle de marbre
    Qui pèse sur mon front...
O mes parents ! creusez ma fosse au pied d'un arbre,
    Non loin de ma maison !

Est-ce vraiment mourir d'aller poser sa tête
    Sous un chêne, au milieu
Des champs, des oiseaux, de cette immense fête :
    La nature de Dieu ?

Et d'aller pour jamais écouter les murmures
    Des arbres et des fleurs.
Sous ce chêne, où les uns viendront chercher des mûres,
    D'autres verser des pleurs.

Quand sonnera mon heure, oui, faites qu'on me mène
    Sous un feuillage ami !
Je veux aller dormir au pied de ce vieux chêne,
    Où vivant, j'ai dormi.

Là, des couples heureux, sous la ramure sombre,
    Diront leurs doux propos ;
Et le bruit des baisers que j'entendrai dans l'ombre,
    Fera frémir mes os !

3.

11º vers. Ce chêne est situé à 100 mètres de mon château.

Et quand le vent des nuits arrachera des plaintes
    Au branchage obscurci,
Le voyageur dira, saisi de vagues craintes :
    « Qui donc soupire ici ? »

Et si l'arbre s'emplit, comme une cathédrale,
    De chants mélodieux,
A genoux, tête nue, il dira, le front pâle :
    « Qui donc prie en ces lieux ? »

Et si son œil inquiet demande à la nature
    Qui repose ici-bas ?
Un enfant répondra d'une voix chaste et pure :
    « Mon père qui dort là ? »

Le voyageur surpris, sur cette froide pierre
    A genoux tombera,
Brisé par la douleur, y fera sa prière
    Et pleurant s'en ira.

DILEMME

A UNE JEUNE FILLE MORTE A SEIZE ANS

Dieu juste, si la mort n'est que rigueur austère,
  Châtiment sombre et dur,
Dieu ! tu pouvais laisser cette enfant sur la terre,
  Car son cœur était pur !

Et si c'est le bonheur que ta clémence envoie
  Au mourant éperdu,
Tu pouvais pour plus tard lui garder cette joie,
  Elle aurait attendu !

EN PARTANT

Alice.

Ainsi donc, c'est fini, tu n'es plus ma maîtresse !
Ton amour, mon bonheur, tes serments, ta tendresse,
Tout va s'évanouir comme un rêve de fou !
A d'autres nous dirons nos paroles sacrées !
Je ne dois plus dormir, mes belles nuits dorées,
Ma tête sur ton sein et tes bras à mon cou !

Un autre va t'avoir, de moi toute encor pâle,
Un autre va changer en tombe glaciale
La couche tiède encor de nos chaudes amours !
Aux bras de ce vieillard que le cercueil réclame,
Sous ses baisers de mort, puissent tes nuits sans flamme
Ne pas payer trop cher le luxe de tes jours !

LE PETIT BONNET

La jeune femme en ses doigts roses
Agite un blanc petit bonnet :
Que de rêves gais et moroses,
Que de chimères, que de choses,
Dans ce tulle simple et coquet !

Tandis que sa main preste et fine
Pose au bord de l'objet charmant
La ruche blanche en mousseline,
L'épouse, dont le front s'incline,
Sourit et songe vaguement.

Le mari grave, assis près d'elle,
Silencieux, l'air satisfait,
Regarde courir la main frêle,
Et suit d'une fixe prunelle
L'ouvrage important qu'elle fait.

Celle qui travaille inclinée,
La jeune femme au regard pur,
De pâleur douce couronnée
Est une épouse d'une année,
Qui dans son sein porte un fruit mûr !

Dans quelques jours l'enfant va naître,
Et c'est ce bonnet gracieux
Que doit porter le petit être ;
Pensif, devant ce grand peut-être,
Le ménage est silencieux.

« Un premier né ! Douce espérance !
Etre livrée à l'ouragan,
Gémir, crier dans la souffrance,
Se tordre dans la délivrance,
Mais s'entendre appeler maman !

Dieu paternel à la famille
Va-t-il donner un gai bambin,
Une espiègle petite fille
Aux cheveux d'or et qui babille?
Comment sera le chérubin?

Sur quelle tête blonde ou brune
Posera-t-on le bonnet blanc?
Qui sait! Peut-être sur aucune!
Que nous réserve la fortune?...
Le jeune couple est tout tremblant!

Dire qu'amour, gloire immortelle,
Vaste génie, esprit profond,
Frêle berceau, tombe éternelle,
Jetés ensemble et pêle-mêle,
Sont là peut-être en ce chiffon!...

Qui sait son rôle sur la terre?
Va-t-il abriter le cerveau
De quelque Jeanne d'Arc austère,
D'un Michel-Ange ou d'un Voltaire,
D'un Dante ou d'un Mozart nouveau.

Ou couvrir la tête chérie
De celui que Dieu seul connaît,
Et qui doit venger la patrie ?...
Mystère, énigme, rêverie !
Charmant, charmant petit bonnet !...

AUBE

C'est moi qui le premier chaque matin m'éveille,
Et tandis qu'en mes bras, lassée, elle sommeille,
Sans songer qu'il me faut regagner la maison,
Je lui parle tout bas, l'appelle de son nom;
Et de mes fous baisers, de ma douce caresse,
Je trouble son repos qui mollement paresse;
Mais elle, qui pressent d'ordinaire son sort
N'a garde de bouger et fait celle qui dort.
Pourtant, pour mon départ, l'heure sonne argentine,

Et je dois la quitter ; ma volonté s'obstine ;
Sur sa lèvre s'ébauche un sourire vermeil,
Elle étire ses bras ; un rayon de soleil,
Par les volets mal joints, dans la chambre pénètre ;
Et les moineaux jaseurs chantent sous la fenêtre ;
Je double mes baisers ; de guerre lasse enfin,
Elle entr'ouvre les yeux : ainsi chaque matin.

✱✱✱✱✱✱✱✱✱✱✱✱✱✱✱✱✱✱✱✱✱✱✱✱✱✱✱✱✱✱✱✱✱

UNE ABSENTE

I

Hélas! est-ce possible? elle, l'enfant ravie,
Hier encor beauté, rayon, grâce, fraîcheur,
La jeune épouse au front resplendissant de vie,
  Elle, force et blancheur!

Elle est néant, poussière; elle est morte, fauchée!
Dans un étroit cercueil qui lui heurte les bras,
Dans une boîte longue, immobile et couchée
  Elle habite là-bas!

Dans la ville peuplée , aux murs pleins de ténèbres ,
Dans un cachot profond aux glacés suintements ,
Ayant à ses côtés d'autres cercueils funèbres ,
        Sur un lit d'ossements !

Ce n'est plus qu'un cadavre à cette heure où nous sommes
La nature a commis ce meurtre , ce forfait ;
Ce que n'aurait pas fait le plus cruel des hommes ,
        Mon Dieu , vous l'avez fait !

Vous avez pris au toit maintenant solitaire
L'épouse , saint conseil , la mère , appui de tous ;
Vous avez pris une âme utile sur la terre ,
        Inutile dessous !

Vous avez à son nid arraché la colombe ,
Enlevé sans pitié la brebis au bercail...
Blasphèmes !... D'un Eden qui nous dit que la tombe
        N'est pas le bleu portail !

O femme que la mort garde en son noir repaire !
Toi que la tombe a prise et ne rendra jamais ,
Souris-tu pour charmer le Seigneur notre père ,
        Comme tu nous charmais ?

Toi seule , tu le sais le mot du grand problème :
Devant ton cercueil sourd nous crions , nous pleurons ,
Haine et doute , voilà ce que ta cendre sème
      Dans nos cœurs , sur nos fronts !

Taisons-nous , elle est là dans l'herbe sous la pierre:
Pour nous entendre , elle est ou trop haut ou trop bas:
Nos mille pleurs tombant sur sa froide paupière ,
      Ne la rouvriront pas !

Le ciel nous a frappés , sa volonté soit faite !
A quoi bon profaner ce qui n'est pas compris ?
L'Eternel a donné, disait le Roi-Prophète,
      L'Eternel a repris !

II

Oh ! pourtant quel que soit le divin diadème
Dont ce pudique front puisse être revêtu !
Quelle que soit l'extase , ineffable et suprême
      Offerte à sa vertu ;

Si paisible que soit notre tombe profonde ,
Si douce que soit l'heure où finissent nos maux ,
Si le Seigneur clément à l'ange moribonde
   Avait dit ces seuls mots :

« Vois mon palais d'azur, c'est la joie immortelle !
» Laisse là tes enfants , laisse là ton époux ?
» Tu souffres , viens ! choisis de la terre cruelle
   » Ou de mon ciel si doux !

» Rester , c'est la douleur, c'est le martyre austère ,
» Viens , enfant, ou tes pleurs couleront sans tarir ! »
— Elle aurait répondu : « Je reste sur la terre,
   » Je reste et veux souffrir ! »

III

C'est fini. Dors en paix dans la couche funeste.
Hélas ! le plus frappé par le sort rigoureux
N'est pas celui qui part, mais bien celui qui reste !
   C'est l'époux malheureux !

Le père ayant au flanc sa mortelle blessure,
Qui près de ses enfants, grand devoir qui soutient,
Survit, vase funèbre atteint d'une fêlure,
    Mais qu'un cercle retient !

Oh! tandis qu'ils sont là, fronts jeunes, têtes blanches,
Vieux père aux pas tremblants, mère aux doux yeux
Epoux, frère, sœur, blonds enfants, âmes franches,
    Aimons-les, aimons-les !

Aimons-les ! Dieu ravit sans pitié les colombes,
Songeons qu'ils marchent vite et qu'ils sont attendus,
Les baisers qu'on prodigue au marbre de leurs tombes
    Sont des baisers perdus !

Marchons près d'eux : la route est sitôt solitaire !
Nous aimons pour une heure, aimons d'amour profond
Ceux qu'on embrasse, hélas ! ont toujours de la terre
    De sépulcre à leur front !

ELLE ET MOI

> Tout était recueillement volup-
> tueux, mystère d'amour, peut-
> être, dans cette nuit tiède.
> (GEORGES SAND. *Mademoiselle
> La Quintinie.*)

Nous avions allumé treize hautes bougies,
    Leurs flammes reflétaient
Dans les vastes miroirs nos pâles effigies
    Qui se multipliaient.

D'une coupe d'argent envoyant leurs fumées,
Exotique senteur,
Et qui porte au cerveau des poudres parfumées
Brûlaient avec lenteur.

Lorsque tu ressortis des ombres de l'alcôve
En tes longs jupons blancs,
Les cheveux déroulés, large cascade fauve,
Sur tes robustes flancs,

Lente, ainsi se dressait aux oracles antiques,
Sur le trépied divin,
La prêtresse, suivant les songes prophétiques
Dont l'avenir est plein.

L'œil chargé de rayons et par intermittences,
Jetant une clarté
Comme en ont les éclairs et les courants intenses
De l'électricité.

J'ai cru voir s'avancer une de ces figures
Des apparitions
Qu'éveille en notre tête, au sein des nuits obscures,
Le feu des passions.

Tu venais doucement, et le baiser aux lèvres,
    Poser sur mes genoux
Ton corps, ton corps brûlant, dont je sentais les fièvres
    Et les sens en courroux.

Ton peignoir transparent et la batiste fine,
    Aussi légers que l'air,
Me laissaient contempler, jouissance divine,
    Les roses de ta chair.

Ta chair qui rougissait sous mes lentes caresses,
    Sous mes baisers mordants;
Ces plaisirs nous jetaient dans de fausses ivresses,
    Et tu grinçais des dents.

Nous nous étions saisis, confondant notre haleine,
    Et ne respirant pas;
Tes gestes convulsifs chargés presque de haine
    M'étouffaient dans tes bras

Mais comme ceux d'un sphynx, tes seins se hérissèrent
    Sous le mince corset;
Tremblante de désir, tes mains frêles cassèrent
    D'un coup sec le lacet;

Tu déchiras en deux ta chemise légère
   Trop lourde à tes seins nus ,
Et me fis admirer , dans leur fermeté fière ,
   Des charmes inconnus.

D'un bond , tu te blottis, comme une jeune chatte ,
   Sur le lit embaumé ,
M'enveloppas dans l'or de ta plus longue natte
. . . .
   Et tout fut consommé.

RENCONTRE D'UN CONVOI BLANC

Passant , que ton front se découvre.

I

Qui donc est mort? Pour qui ce long suaire .
    Blanc comme lin ?
Qui couvres-tu , sombre drap mortuaire?
Etroit cercueil qu'un faible cierge éclaire ,
    Ouvre ton sein.

C'est une enfant au trépas condamnée
Avant le temps !
Elle t'a fui, l'heure de l'hyménée,
O jeune fille au néant ramenée
En ton printemps.

Vous, blancs linceuls, vous nous dites pour elle
Sa pureté,
Et, lumineux, sur son front étincelle
Ce mot mystique, auréole immortelle :
Virginité.

Ton sort, ton nom, enfant, je les ignore,
Mais la mort dit
Ta pauvreté. Marâtre qui dévore
La vie. Un Dieu nous fait des jours d'aurore,
Elle de nuit.

Et tu vécus, ne sachant rien au monde,
Que tous ses maux.
Mais le trépas, c'est une paix profonde,
C'est le beau port où le repos inonde
Tous les vaisseaux.

Aussi, pourquoi devrions-nous vous plaindre,
    Vous qui mourez ;
Votre bonheur, qui donc saurait le peindre,
Vous que le mal ne viendra point étreindre
    Où vous irez ?

Car ici-bas, le mal et l'injustice
    Sont notre faix ;
Le bien, le mal, combattent dans la lice,
La vertu meurt, succombant sous le vice ;
    Plus haut, la paix.

II

Passant joyeux, découvre-toi, silence
    Devant la mort.
La mort ? Mais non, ici c'est l'existence,
C'est la pudeur et la douce innocence,
    Cette enfant dort.

Je reconnais la chambre virginale
    Où tout est pur,
Le bénitier demi-plein d'eau lustrale ;
Ce buis sacré que l'hiver a fait pâle,
    Pendant au mur.

Le crucifix au pied duquel, austère,
    Matin et soir,
Tu viens, joignant les mains à la prière,
Pour demander le pain de l'ouvrière
    Avec l'espoir.

Cette candeur, lumière qui rayonne
    Autour de toi,
Ces chastes fleurs, cette blanche couronne,
Et cette paix qui ne trouble personne,
    Excepté moi.

Mais quoi ! j'entends des voix avec des plaintes,
    J'entends souffrir ;
Amers sanglots, douloureuses étreintes,
Vous vous mêlez à des prières saintes :
    Qui va mourir ?

Ce char funèbre et ce triste cortége,
    Tout est changé !
Qui donc m'entraîne ! Et ces cloches ! Où vais-je ?
Suis-je pieux ou suis-je sacrilège :
    Non ! j'ai songé.

III

Bière que j'ai par hasard rencontrée ,
Salut , adieu !
Puisse mon cri, douce sœur ignorée ,
Monter vers toi par la plainte éthérée ,
Dans le ciel bleu.

A UNE COURTISANE

Va ! rentre dans ton bouge, impudique Phryné,
J'exècre de deux corps l'assemblage effréné,
Lorsqu'à leur union le vil Plutus préside.
Tout, j'en bénis le ciel, dans mon cœur n'est pas mort ;
Je n'ai que vingt printemps, je puis aimer encor...
Va ! tu ne me tiens pas sur ta couche sordide.

Celle que j'aimerai, ma belle, aura du cœur :
Je veux voir son beau front se couvrir de pâleur,
Je veux de volupté voir son regard humide,

Et sentir dans son corps les frissons du trépas,
Quand je la presserai mollement dans mes bras...
Va ! tu ne me tiens pas sur ta couche sordide.

Je veux que l'infortune éprouve sa pitié,
Qu'à la haine en son cœur réponde l'amitié,
Que de nobles élans son âme soit avide ;
D'un poétique feu je veux que son regard
Brille à l'aspect soudain d'un chef-d'œuvre de l'art...
Va ! tu ne me tiens pas sur ta couche sordide. .

Puis quand le triste hiver apaise ses rigueurs,
Alors que les rochers se cachent sous les fleurs,
Avec elle je veux, au soir d'un jour limpide,
Sous le feuillage vert des saules blanchissants
M'égarer, loin du bruit, sur le bord des étangs...
Va ! tu ne me tiens pas sur ta couche sordide.

Mais enfin, si le ciel n'écoute pas mes vœux,
S'il ne m'estime pas digne assez d'être heureux,
S'il ne veut de mon cœur combler le triste vide,
Dussé-je du désir et de l'isolement
Jusqu'à mon dernier jour éprouver le tourment,
Va ! tu ne me tiens pas sur ta couche sordide.

IDYLLE

UNE FIANCÉE, SES COMPAGNES

LA FIANCÉE.

A l'instant où de chastes nœuds
Je m'apprête à goûter l'ivresse,
O mes compagnes, dans vos yeux
Je vois paraître la tristesse.

UNE DE SES COMPAGNES.

Hélas! amie, à nos plaisirs
Tu vas dire adieu pour la vie;
Tu devras changer de désirs
Et fuir les jeux de la prairie.

LA FIANCÉE.

Mais quoi ! ne le savez-vous pas?
Maintenant sans être honteuse ,
Je pourrai presser dans mes bras
Celui qui doit me rendre heureuse.

UNE DE SES COMPAGNES.

Ah ! voler ainsi sans regrets
Dans les liens de l'hyménée ,
Peut-on se résoudre à jamais ,
Se résoudre à vivre enchaînée !

LA FIANCÉE.

Dieu créa les fleurs pour les prés ,
Pour les ruisseaux l'onde limpide ,
Pour les cieux les astres dorés ,
L'amour pour la vierge timide.

UNE DE SES COMPAGNES.

Tes jours se ressembleront tous ;
D'un seul regard toujours suivie ,
Tu ne pourras plus comme nous ,
Pour d'autres cœurs être ravie.

LA FIANCÉE.

Heureuse mille fois la fleur
Que le sylphe à l'aile dorée,
Pour son éclat et sa fraîcheur
Aux autres fleurs a préférée !

UNE DE SES COMPAGNES.

Non, désormais plus de plaisir
A rêver seule sous les chênes,
A mêler ta voix au zéphir,
A te mirer dans les fontaines.

LA FIANCÉE.

Oh ! rêver à l'ombre tous deux,
Et dans une brise amoureuse
Ecouter les tendres aveux
De sa bouche mélodieuse !

UNE DE SES COMPAGNES.

Mais tu supporteras enfin
Avec une douleur amère,
Une dure loi de l'hymen,
Tu souffriras pour être mère.

LA FIANCÉE.

Hélas ! ici-bas quel bonheur
N'a sa source dans l'amertume !
C'est du travail que naît la fleur ;
Le soleil vient après la brume.

NOEL

En la nuit, dans l'étable, où l'on voyait les cieux
A travers les débris de la vieille toiture,
Jésus-Christ était né, le roi si glorieux !
Et tout chantait : Noël ! dans toute la nature.

Marie et saint Joseph, mains jointes, à genoux,
Priaient bien tendrement, de cœur et de parole ;
Disant : « Notre-Seigneur, bienvenu soyez-nous ! »
A l'entour de leurs fronts luisait une auréole.

Près du petit Jésus , dont le corps grêle et blanc
Gisait nu sur la paille , amassée à grand'peine ,
Etaient l'âne et le bœuf , tous deux s'agenouillant ,
Pour réchauffer l'enfant du chaud de leur haleine.

Alors vinrent joyeux des pays d'alentour
Bergers et pélerins , même des rois encore ;
Ils priaient pleins de foi , d'espérance et d'amour :
Et l'enfant à leurs yeux brilla comme une aurore.

Et dans le haut des airs un miracle nouveau
Se fit voir tout à coup : des anges , sur l'étable ,
Chantèrent : *Gloria in excelsis Deo !*
Et firent dans les cieux un concert agréable.

L'enfant leva les yeux et trois doigts de la main
Vers ceux qui l'adoraient et bénit leur prière.
Quand les bergers , la nuit , reprirent leur chemin ,
Tous les oiseaux chantaient comme dans la lumière !

TRISTES PENSÉES

Laissez vivre mon chien pour que je sois pleuré.
Henri MURGER.

Lorsque je dormirai sous ce gazon funèbre,
Où nous dormirons tous , terrible vérité ;
Qui pensera parfois à l'homme peu célèbre,
Qui pour seule richesse avait sa probité ?

Dans le jardin des morts , enceinte calme et sombre ,
Où sont tant de mortels dans la terre couchés ;
Qui cherchera mon nom parmi les croix sans nombre,
Près des cyprès touffus , sous les saules penchés ?

Qui des fleurs du printemps ou des fleurs de l'automne,
Qui plaisent à nos yeux par leurs fraîches couleurs,
Tressera quelquefois une simple couronne,
Et viendra l'apporter humide de ses pleurs ?

Ceux même dont les maux ont excité mes larmes,
Ceux à qui j'ai su rendre, en chassant leurs alarmes,
        Le cœur plus gai, plus raffermi,
Peut-être m'oublieront ! conjectures cruelles !
Et n'attacheront pas un bouquet d'immortelles
        A la tombe de leur ami !

A UNE FEMME LUXUEUSE

Vous croyez que ce luxe inutile et coûteux,
Soit beaucoup favorable à vos charmes douteux ;
Que l'élévation , le mérite en émane,
Eh bien ! détrompez-vous , tout ce luxe éclatant
Ne saurait augmenter le mérite un instant:
Un âne couvert d'or n'en est pas moins un âne *!*

DÉSIR

Quand tu restes le soir sur la pelouse assise ,
Seule , écoutant gémir dans les roseaux la brise ,
Et regardant tantôt du sentier le fétu ,
Tantôt de l'infini la voûte étincelante ,
Jeune fille ingénue , au moindre bruit tremblante ,
    A quoi réfléchis-tu ?

Quand passent près de toi , cachés par le feuillage ,
Deux amoureux tenant un innocent langage ,
Qu'on peut tenir à deux sans blesser la vertu ;
En voyant leurs regards séduisants de tendresse ,
Enfant, au front rêveur rayonnant de jeunesse ,
    Pourquoi soupires-tu ?

ÉPIGRAMME

A une prétentieuse

Renoncez au succès dont vous semblez certaine,
Et que cette leçon vous rende moins hautaine ;
Mon ami n'est épris de vous aucunement.
Comme la vanité parfois est décevante !...
Il ne vous aime pas, et c'est votre servante
Qu'il admirait hier, qu'il aime en ce moment.

CONSEIL

Tu recèles dans ton corsage ,
Voile de tes plus beaux appas ,
Un billet , un brûlant message ;
Jeune fille, ne le lis pas !

Ce qu'il contient... tu le devines ;
Il te dit de porter tes pas
Dans le sentier des aubépines ;
Oh ! jeune fille , n'y vas pas !

VOLUPTÉ

N'entendre que ta voix , n'aspirer que ton souffle.

F. M.

Où serait le bonheur s'il n'était
pas dans l'amour; où serait l'enivrement
s'il né'tait pas sur les lèvres d'une
femme.

F. M.

Pour me congédier, attends, mon adorée ,
Que Phébus entr'ouvrant sa demeure dorée ,
Innonde lentement la terre de clarté.
Laisse se prolonger notre félicité
Jusqu'à ce qu'un rayon arrive à nos persiennes.

Puis alors, appuyant mes lèvres sur les tiennes,
Je prendrai, tout joyeux, un long baiser d'adieu
Avant de m'éloigner de cet aimable lieu.
Ne hâte pas, enfant, l'heure qui nous sépare;
La vie a tant d'écueils, le bonheur est si rare,
Qu'on ne devrait jamais abréger ses plaisirs,
Tant qu'on éprouve en soi d'ineffables désirs;
Tant qu'on n'a pas perdu de l'ardente jeunesse
La douce illusion, et la joie et l'ivresse.
Il arrive sitôt, l'âge morose et froid,
Où toute passion chez les humains décroît.
Qu'on est fou de laisser finir les jours propices
Sans vider en entier la coupe des délices.
Ah! pendant qu'aucun bruit ne nous annonce encor
Le retour radieux de l'astre aux rayons d'or,
Reste contre mon sein, par mes bras enlacée,
Laisse ta chevelure épaisse et détressée
Envelopper mon front, répandre autour de moi
Un suave parfum qui double mon émoi.
Laisse mon cœur ardent, de joie et d'amour battre;
Mes lèvres, de baisers couvrir ton corps d'albâtre,
Laisse-moi m'enivrer de ton souffle odorant,
Qu'il m'est doux de sentir sur mon visage errant,
Que je voudrais sans cesse aspirer, car j'éprouve
Un bonheur que jamais ailleurs on ne retrouve.
Durant ces folles nuits, puisque chaque moment

Concourt à nous donner un doux ravissement,
Consacrons au plaisir nos plus belles années,
Et si, faibles mortels, jouets des destinées,
Nous devons nous quitter bientôt et sans retour,
Souhaite comme moi que nous mourions d'amour.

ÉVOCATION

Oh ! quand je dors , viens auprès de ma couche.

V. HUGO.

A l'heure du silence , à l'heure où je repose
　　Agité , la pâleur au front ;
Penche-toi doucement vers ma paupière close ;
　　Mes mauvais rêves s'enfuiront.

Effleure faiblement de ta lèvre rosée
　　Dont le doux parfum m'enivra ,
Ma lèvre palpitante et de fièvre embrasée ;
　　Tout mon être tressaillera.

AIMEZ

> J'ai toujours eu en ce monde
> la religion de l'amour et le
> désir de l'augmenter.
>
> J. MICHELET.

Vous, dont le front serein, plein de douces pensées,
Se colore aisément d'une faible rougeur,
Ah! ne rendez jamais vos âmes oppressées
    Par un désir rongeur.

Laissez des insensés, de gloire se repaître,
Encenser la fortune, aveugle déité.
Le bonheur le plus sûr est sous un toit champêtre
    Par l'amour habité.

Laissez l'ambitieux, jusques à l'infamie,
Demander un pouvoir ; pour le sage onéreux,
Un seul mot prononcé par une bouche amie,
      Suffit pour être heureux.

Ce n'est pas dans la gloire à l'éclat éphémère
Qu'on trouve le bonheur : on l'y perd sans retour.
Ce n'est pas dans l'orgie à conséquence amère,
      C'est dans un mot d'amour.

Oh ! livrez-vous sans crainte à cette douce flamme,
Livrez-y votre cœur juvénil et sans fiel.
Elle donne l'extase et le délire à l'âme,
      Elle donne le ciel !

Qu'un jeune couple est beau lorsque l'amour l'unit.
Il n'est pas du bonheur une plus vraie image ;
Ses tendres entretiens sont un touchant ramage,
Plus suave que ceux qui s'échappent d'un nid.

CAPRICE

A une jeune fille

Vous réunissez à la fois
Esprit, beauté, douceur, jeunesse ;
Et je n'entends pas votre voix
Sans que le trouble en mon cœur naisse.

S'il ne peut vous refuser rien,
Le destin qui vous fit si belle,
Devenez mon ange gardien :
Je me plairais tant sous votre aile.

CE QUE JE VOUDRAIS

A Mademoiselle ***

Je voudrais être la pelouse
Qu'inclinent vos pieds délicats,
L'onde cristalline et jalouse
Que vous ridez dans vos ébats ;

Le feuillage qui nous abrite,
Le vent qui le fait tressaillir,
Ou la modeste marguerite
Que votre main aime à cueillir.

Je voudrais être le poète
Dont le style me fait rêver ,
Ou l'harmonieuse fauvette
Dont le chant sait vous captiver.

Je voudrais être l'hirondelle
Que vous tenez tant à revoir ;
Je voudrais être la nouvelle
Qu'il vous tarde de recevoir

Je voudrais être le zéphire
Qui soulève vos noirs cheveux ,
L'amie à qui vous venez dire ,
Vos goûts, vos doux rêves, vos vœux ;

La couche molle et parfumée
Que votre corps souple tiédit ,
Ou l'alcôve à moitié fermée
Où votre beauté resplendit ;

L'invisible écho qui répète
Ce que dit votre douce voix ,
L'anneau dont la pierre reflète
La rare blancheur de vos doigts.

Je voudrais être la pensée,
Fraîche et couverte encor d'aiguail,
Qui doit être un moment placée,
Entre vos lèvres de corail.

Je voudrais être le bois sombre
Aux sentiers étroits, embaumés,
La mer, les cieux, les parfums, l'ombre,
Les fleurs... tout ce que vous aimez !

ÉLÉGIE

I

Ecoutez ! écoutez cette cloche qui tinte
Si lugubre dans l'air qu'elle semble pleurer !
Quelle est donc, ô mon Dieu, l'âme pour nous éteinte
    Qui près de vous va demeurer ?

Quel est ce long convoi qui passe par la rue ?
Quelle morne tristesse en ces groupes épars !
Pourquoi tant de silence en la foule accourue ?
    Pourquoi des fleurs de toutes parts ?

Oh ! quand un vieillard meurt, la foule indifférente
Sans s'émouvoir souvent le regarde passer,
On ne voit pas ainsi de douleur déchirante,
    Ni de pleurs qu'il fasse verser.

Des fleurs ! un blanc linceul, long voile d'innocen
C'est une vierge, amis, que l'on porte à pas lents;
D'autres vierges encor, en pleurant son absence,
    Laissent flotter leurs voiles blancs.

II

Elle est morte si jeune ! elle était douce et belle !
Elle était riche aussi, mais ce fut son malheur,
Et ce fut de son père à ses vœux trop rebelle
    Que vint sa mortelle douleur.

Car elle aimait, hélas ! un homme sans fortune,
Et cet homme l'aimait, mais on le rejeta ;
Puis à la pauvre fille on fit l'offre importune
    D'un époux qu'on lui présenta.

C'est qu'il ne suffit pas, dans le siècle où nous sommes,
De sentir son amour d'une femme accepté !
Ne faut-il pas aussi marchander chez les hommes
L'hymen , le cœur et la beauté ?

La pauvre jeune fille! elle dit en son âme :
« Pour moi plus de bonheur, hélas c'est trop souffrir!
» Se donner sans amour, c'est une chose infâme !
» Mon Dieu! mon Dieu! mieux vaut mourir!»

Et dès ce triste jour , la douleur assidue
Flétrit ses yeux si doux , fana son teint si beau ;
On vit à la pâleur sur son front répandue
Qu'elle penchait vers le tombeau.

Oh ! tu donnerais bien des trésors pour ta fille,
N'est-ce pas? pour la voir , pour l'embrasser encor ?
Oui ! mais il est trop tard... O vieillard sans famille !
Dis-moi : que faire de ton or?

Puisses-tu te courber, devenir centenaire ,
Et traîner avec toi ton immortel remords ;
Ne trouvant pour soutien qu'une main mercenaire ;
Et pour amis que tes trésors!

LUI

Oh ! reste près de moi , toi qui n'es qu'une image !
Que son image ? hélas !... tiens ! pour lui ce baiser !
Eh quoi ! tu ne dis rien, méchant ; oh ! c'est dommage,
  Car moi d'abord je veux causer.

Venez plus près, monsieur, venez qu'on vous admire !
J'aime vos noirs cheveux que je voudrais toucher.
Je voudrais bien vous voir comme lui me sourire,
  Et près de moi vous approcher.

Quoi! toujours sérieux ; allons , monsieur , de grâce
Un doux sourire , ou bien plus de baiser pour vous.
Toujours triste , petit ! faut-il qu'on vous embrasse ?
    Venez , mauvais , sur mes genoux.

Entendez-vous, monsieur ? comme il reste impassible!
Oh ! le vilain méchant , qui ne répond jamais !
Au moins il est discret , devant cet insensible
    Je puis tout dire désormais.

Vous avez de grands yeux , de beaux yeux , je l'avoue;
Mais ils sont froids, vos yeux, et puis ils n'aiment pas;
Et votre bouche aussi semble faire la moue,
    Il me tiendrait , lui , dans ses bras !

Vous me boudez , je crois , faut-il avoir la guerre !
Oh ! non , la paix! la paix ! vous faites le jaloux ;
Je vous aime pourtant , il n'est que lui sur terre ,
    Lui seul que j'aime plus que vous.

Mais , ami , je le sais , il se peut qu'il me laisse ;
Et toi , là près de moi toujours tu resteras ;
Vivante ou dans la tombe , oui ! je te veux sans cesse;
    Jamais tu ne me quitteras.

Oh ! souvent j'ai surpris sa pensée indécise :
Il rêve dans mes bras de gloire et d'avenir.
L'ingrat ! moi je ne rêve, à ses côtés assise,
   Qu'à son amour qui peut finir.

Qu'importe l'univers ! son amour, c'est ma vie !
Ah ! lui seul ici-bas peut chasser mon ennui ;
Eh ! que me font ces biens que tout le monde envie?
   Mon seul bonheur à moi : c'est lui !

Femmes ! malheur à nous, ô folles que nous sommes !
Car notre amour, hélas ! s'accroît de jour en jour,
Et c'est l'ambition, qui dans le cœur des hommes,
   S'augmente contre notre amour.

Aime-t-il donc ces bals, les femmes demi-nues,
Les parfums enivrants, les magiques accords,
La gaze et le satin, ces bouches ingénues
   Qui savent mentir sans remords ?

Souvent il m'a juré qu'il détestait le monde
A son âme n'offrant qu'invincible dégoût ;
Mais il dit que ce monde est fort quand on le fronde,
   Ce monde, il le craint donc beaucoup ?

Aux pieds j'ai tout foulé, pour lui, pour sa tendresse,
J'ai donné sans calcul : J'ai cru voir le bonheur ;
Oh ! mon Dieu, j'ai donné, car j'étais dans l'ivresse,
  Et mon amour et mon honneur.

S'il en aimait une autre, et s'il était près d'elle !...
Peut-être en le raillant d'un sourire moqueur,
Elle se rit de moi, de ce qu'il m'est fidèle,
  Et cherche à me ravir son cœur.

Quelle horrible pensée ! ah ! je sens en mon âme
La haine et le désir de pouvoir me venger,
Mes tourments sont affreux ! mais ce serait infâme,
  Allons ! je n'y veux plus songer.

Il est beau, lui, mais moi .. Vraiment suis-je jolie ?
Souvent il me l'a dit, mais l'homme est inconstant,
Hélas, toujours j'ai peur, je tremble et c'est folie...
  Et s'il m'abandonnait pourtant !

S'il ne revenait plus !... Déjà l'heure se passe ;
Je frémis et je pleure. Il ne reviendra pas...
Silence... Un bruit lointain retentit dans l'espace,
  C'est lui ! je reconnais ses pas.

C'est lui! c'est lui! bonheur! C'est lui! c'est lui! Je l'aime
Folle! je ris et pleure ; oh ! qu'il m'a fait souffrir !
S'il ne revenait plus , dans ma douleur extrême ,
      Moi je n'aurai plus qu'à mourir.

Mais je l'entends qui monte... En ce miroir fidèle
Vite regardons-nous... Dieu puissant ! quel malheur !
Mes yeux de pleurs baignés ! je ne serai plus belle ;
      Oh ! mais il aime la pâleur.

A Mᵐᵉ BERTHE J.

Quoi, vous voulez des vers? quoi, de ma poésie !
Oh ! mon hommage obscur, pourquoi le voulez-vous?
Vous qui faites tomber, à votre fantaisie,
    Les poètes à vos genoux.

Mais, sais-je, moi, comment on doit louer? madame !
Et c'est bien vrai pourtant qu'il suffit de vous voir,
Qu'il suffit d'admirer votre regard de flamme,
    Pour vous louer sans le savoir.

Car, à l'éclat des yeux qui décelle votre âme,
On sent que vous avez du beau, l'instinct vainqueur,
Que vous avez l'amour, ce trésor de la femme,
  Dans le sanctuaire du cœur.

Hélas ! si je savais : je voudrais peindre encore
L'extase, le silence et les transports de tous,
Quand vole votre main sur le clavier sonore
  Aux tons vibrants, perlés et doux.

Je dirais qu'à vous voir, vous, belle, svelte, aimante,
Légère, gracieuse, au rire triomphant ;
A voir étinceler cette gaîté charmante,
  Cette vivacité d'enfant.

On ne devine pas cette pensée immense
Qui dévoile chez vous un esprit si profond,
Tandis qu'autour de vous des hommes en démence
  S'étourdissent au bruit qu'ils font.

Je dirais tout cela, puis beaucoup d'autres choses ;
Mais je ne sais chanter, avec ma faible voix,
Que les vallons, les eaux, les monts, les fleurs écloses
  Dans les champs, les prés et les bois.

LA FILLE DU PEUPLE

C'est affreux d'avilir un être malheureux
Dont le cœur se consume en regrets douloureux.

Le Flaguais.

O vous, ne riez pas, corrupteurs de la femme .
La pauvrette est à plaindre, elle n'est pas infâme !
Sans éducation et sans guide ici-bas,
Elle est pour le premier qui pour elle soupire ,
      Qui daigne lui sourire ,
      Et qui lui tend les bras.

Depuis le point du jour travaillant et courbée,
Et pleurant son honneur en se voyant tombée ;
Maltraitée en naissant par un père brutal ;
Passant au lit d'un homme injuste et sans conduite,
    Et quelquefois séduite
    Par un amour fatal.

Ne trouvant en tous lieux qu'une douleur amère,
Qu'elle soit concubine ou bien épouse et mère ;
Pleurant l'affront sanglant, l'abandon d'un côté,
Ou femme que maltraite un grossier qui menace,
    Regardant qui s'efface
    Sous les pleurs sa beauté.

Ah ! C'est un triste sort ! Pourtant c'est une femme
Honnête, dévouée, avant qu'on la diffame,
Qui rougit de pudeur, mais se laisse fléchir ;
Gentille, gracieuse et faible de nature,
    Aimant à l'aventure,
    Aimant sans réfléchir.

Moi, je connais des gens et des femmes du monde
Qui la poussent du pied comme une chose immonde,
Comme une bête impure inspirant le dégoût,
Ou bien comme une fleur qui s'est trop tôt flétrie.
    Puis avec barbarie
    La jettent à l'égout.

La prostitution : c'est l'égoût de la ville ,
D'êtres abandonnés , ressource triste et vile ,
Et c'est là que pourtant la mènent leurs mépris ;
Plutôt que de lui tendre une main secourable.

Tu ris , ô misérable !
Tu la perds et tu ris.

Perdre une jeune fille ! Oh ! n'est-ce pas, c'est noble ?
Hélas ! on s'en fait gloire ! A son désir ignoble
On sacrifie une âme et tout un avenir !
Qu'importe qu'elle meure ou retombe avilie !

Car elle était jolie ,
Faite pour le plaisir.

Cependant elle est mère et peut-être on la chasse !
C'est en vain qu'elle pleure et leur demande grâce ,
La voilà sans ressource , et la voilà sans pain !
Pour vivre il faut se vendre ; elle vit, on l'outrage ;

Il lui faut du courage....
Mais son enfant a faim.

Admirée autrefois , d'adorateurs suivie ,
Souriant à l'amour , souriant à la vie ,
Elle était fraîche et pure , candide était son cœur ;
Mais un homme blasé pour son jouet l'a prise ,

Puis après la méprise
Q uand il en est vainqueur.

Elle aime cet ingrat. Qu'importe ? il l'abandonne.
C'est un lâche, il est vrai; quelque nom qu'on lui donne
On l'honore toujours : il est riche et puissant !
Mais le vice doré n'est-il donc pas le vice ?
   O comble d'injustice
   Qui punit l'innocent !

C'est ainsi que pourtant cette femme est flétrie ;
C'est ainsi que l'on voit la vile effronterie
Remplacer de son front la naïve candeur ;
Son amour fut souillé par la froide luxure ,
L'illusion se perd , le remords la torture ,
   Comme un vautour vengeur.

Premier amour si pur ! ô doux besoin de l'âme ,
Divin présent d'en haut , inestimable flamme ,
De l'amitié des cieux étincelle ici-bas !
Feu que perdu jamais ne retrouve la femme ,
Adieu, premier amour !... oh ! plaignez-la , madame ,
   Ne la méprisez pas !

LA RAISON : L'AME

On n'invente jamais ce qui ne peut pas être ;
On ne peut concevoir ce qu'on ne peut connaître ;
Nul n'a jamais compris les formes du néant ;
La vérité se trouve au fond du sentiment.
Quand plus loin que la mort on voit la récompense
C'est un arrêt de Dieu lu dans la conscience ;
Puisqu'on suppose une âme, elle doit exister ;
Puisqu'on la sent au cœur, elle y doit palpiter.

LA MORALE, L'ESPÉRANCE,
LE BONHEUR : L'AME

L'âme est une unité, l'âme est donc immortelle ;
La nier, c'est comprendre une nuit éternelle,
Où toute vérité s'éteint dans le chaos ,
Où le bien et le mal ont un égal repos ;
L'admettre , est écarter du chemin de la vie
La crainte du néant dont elle est poursuivie.
C'est le bonheur offert pour prix à la vertu ;
C'est verser la terreur sur le crime abattu ;
C'est pouvoir expliquer les miracles du monde

5° vers , lisez : *c'est écarter.*

Par une loi sublime en merveilles féconde ;
C'est exciter en nous par l'attrait de l'espoir
L'aiguillon émoussé de la voix du devoir ;
Vers les voûtes des cieux c'est diriger nos voiles,
C'est nous livrer l'espace où brillent les étoiles ;
Homme ! crois en toi-même et vois en toi le feu
Dont l'éclat bienfaisant te rapproche de Dieu !
Qui fit du monde entier un divin assemblage,
Dont tous les éléments ont chacun leur usage,
Et semblent converger vers un même milieu :
Cet unique moteur ne peut être que Dieu.

DANS LE MALHEUR : IDÉE DE DIEU

Quand l'aile du malheur plane sur l'existence ,
Un sentiment profond né de la conscience ,
S'agitant par instinct dans les replis du cœur ,
Console par l'espoir d'un divin protecteur.

Quand la mort apparaît comme un affreux mirage ,
Au matelot vaincu par les flots de l'orage ,
Lui , dont les appétits étaient la seule loi ,
Se prosterne en mourant protégé par la foi.

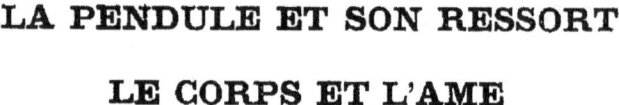

LA PENDULE ET SON RESSORT

LE CORPS ET L'AME

Cet utile instrument dont la marche admirable
Du temps fait mesurer le vol insaisissable,
Ces rouages dentés qui veillent quand tout dort,
Tournent obéissant au pouvoir d'un ressort.

Un élastique acier dont la spirale étroite
Se déploie et s'étend vers une ligne droite,
A des cercles de cuivre imprime un mouvement
Réglé comme le cours des feux du firmament.

Ce n'est pas le hasard qui forma cet ouvrage :
L'homme fut l'ouvrier qui régla le rouage
Et lui prêta son âme avec sa volonté,
En prenant un moteur dans l'élasticité.

Un ouvrier divin, mystérieux génie,
Ainsi des animaux composa l'harmonie ;
Ce génie est leur âme, étincelle de feu,
Qui leur donna la vie en rayonnant de Dieu.

AME : IMMORTALITÉ

« Ton âme est un principe , une immuable essence ,
» Un atome-unité d'où naît la conscience ,
» Qui ne peut cesser d'être et procédant de moi
» Est un fidèle écho qui reproduit ma loi. »

LA VÉRITÉ : DIEU

Dieu, c'est la vérité ; l'athéisme est mensonge ;
Ne pas croire en notre âme est un horrible songe,
Qui montre le néant enfanté par la mort,
Mais ne pas croire en Dieu, c'est tuer le remords,
C'est nier cette voix, ce sentiment intime,
Qui nous conduit au bien en défendant le crime,
C'est placer le hasard au-dessus de la loi,
C'est soumettre sa vie aux caprices du moi ;
C'est descendre plus bas que l'inepte sauvage,

Qui d'un Dieu qu'il ressent cherche partout l'image,
C'est monter son orgueil à de telles hauteurs,
Que de l'antiquité méprisant les clameurs,
Ou que foulant aux pieds la voix universelle,
Qui proclame de Dieu la puissance éternelle,
On croit en son esprit plus qu'en cette raison
Qui dans tout l'univers gravite à l'unisson.

L'ORDRE DE LA NATURE:

IDÉE DE DIEU

Tout est coordonné , tout suit la même loi ,
L'univers obéit aux ordres d'un seul roi ;
Le son ne se voit pas et cependant il vibre ;
Sans toucher le moteur, on sent mouvoir sa fibre,
On conçoit l'existence , on ne la touche pas ,
Pour mesurer la vie on n'a point de compas ;
L'oreille ne sent pas osciller la lumière ;
La pesanteur au sol attache la matière
Par un chaînon visible à notre seul esprit ;

6.

La pensée est un fait et nul ne la décrit ;
Certes , nous existons sans concevoir la vie :
Ainsi viennent s'offrir à notre âme ravie
Les admirables traits de l'image de Dieu ,
Sans que les yeux des sens en supportent le feu

HOMMES ! CROYEZ EN DIEU

N'abattez pas les clefs de cette immense voûte
    Sur laquelle l'humanité
    Dessine une noble route
    Où gravit la société !
Hommes ! prosternez-vous ! qu'une vive étincelle
Embrase votre esprit d'un salutaire feu,
Et proclamez que votre âme immortelle
Est un rayon de la clarté de Dieu !

REMERCIEMENTS

Dieu que j'aime, grand Dieu ! je termine ces vers
Aux accents de la voix que j'entends dans les airs ;
Cette puissante voix ! elle vibre en moi-même,
Elle est mon noble espoir, mon conseiller suprême !
C'est un baume d'amour qui calme le malheur,
Un lumineux éclair colorant le bonheur.
Dans l'art de soulager où ta bonté préside
Je marche en voyageur et je t'ai pris pour guide ;
Des vagues de ma vie observant les hauteurs,

Contemplant leurs sommets, sondant leurs profondeurs
Partout je t'ai trouvé comme un pilote habile
Frayant un sûr chemin à mon vaisseau fragile ;
Le mal que je voyais tu savais le punir ,
Tu dotais la bonté d'un paisible avenir ,
Je te vois radieux au fond de ma pensée ,
Portant un feu sacré dans mon âme embrasée ;
Des peines de ma vie une tendre amitié
Vient pour les adoucir en prendre la moitié ;
Ces chers présents des cieux sont une récompense
Du bien que tu voyais vivre en ma conscience.
Merci, grand Dieu ! merci ! que ces flots de bonheur
Par l'amour des vertus affermissent mon cœur.

L'AUMONE

Papa, le pauvre est là. Veux-tu que je lui donne
La moitié du gâteau que m'a pétri ma bonne ?
Regarde comme il souffre ; on dirait qu'il a faim !
Pourquoi donc tant de gens n'ont-ils jamais de pain ?
Oh ! si j'étais le maître et le roi de la terre,
Je voudrais que chacun fût le propriétaire
D'une grande maison, portât de beaux habits
Et ne manquât jamais d'excellents fruits confits,
Quand il voudrait goûter ! Ainsi dans l'abondance,

Aucun ne connaîtrait les pleurs de la souffrance ;
Tous seraient très-heureux, et, sur notre chemin,
L'on ne se tiendrait plus pour étendre la main.
— Mon fils, comme un enfant, ton jeune esprit raisonne.
Tu ne sais pas encor que sur terre personne
Au banquet du bonheur ne s'assied quand il veut ;
Chacun pour l'aborder fait bien tout ce qu'il peut ;
Mais souvent ses efforts deviennent inutiles,
Ou ne lui font avoir que des choses futiles.
Devant Dieu seulement nous sommes nés égaux ;
La fortune ou dispense ou condamme aux travaux,
Ses degrés sont divers pour chaque créature :
Les uns, sans travailler, trouvent leur nourriture ;
Les autres, nuit et jour, l'arrachent aux sillons ;
Ceux-ci sont les fourmis, ceux-là les papillons.
La vie est un long fleuve où glissent mille barques,
Et que l'on descend tous, et sujets et monarques.
L'humaine égalité ne sort point du berceau,
On ne la trouve, hélas ! qu'au fond du noir tombeau !

LES DEUX PETITS MENDIANTS

IDYLLE

Imitée du *Petit Savoyard*, d'ABOUT.

Ils étaient là, tous deux, accroupis sur la pierre ;
Orphelins délaissés, pauvres petits sans mère,
Chantant d'un ton plaintif quelques couplets touchants
Et tendant, mais en vain, leur main noire aux passants.
« — Nous sommes, disaient-ils, des enfants de Savoie ;
» Du chalet paternel le malheur nous renvoie.
» Tous nos parents sont morts, nous ne possédons rien,
» La charité du riche est notre seul soutien.
» Sous nos doigts engourdis notre vielle est muette,
» De faim notre marmotte expira, la pauvrette !

» Bientôt comme elle, hélas! il nous faudra mourir...
» Donnez un petit sou, laissez-vous attendrir !
» Voyez, voyez combien notre misère est grande ;
» D'une obole, passants, faites-lui l'humble offrande,
» Nos pieds gonflés de froid ne peuvent plus marcher
» Et la terre est le lit où nous allons coucher,
» Si nos cris déchirants n'attendrissent personne,
» Si la pitié, qui pleure, aussi nous abandonne !
» Nous avons tant souffert, depuis que le trépas
» Du cou de nos parents a détaché nos bras ;
» Depuis que, dépouillés par une main fatale
» Nous avons fui tous deux la montagne natale
» Pour venir implorer l'aumône à vos genoux...
» Nous n'avons plus de mère, ayez pitié de nous ! »
Et la neige en tombant étouffait leur parole ;
Nul passant en leur main ne jetait une obole ;
Ils étaient là tous deux de la terre oubliés,
Comme deux arbrisseaux que le givre a pliés.
Les yeux indifférents de la foule inhumaine
Sur leurs corps engourdis, hélas ! tombaient à peine ;
Chacun, sans s'arrêter, courait à ses plaisirs,
Et, seul, le vent du soir emportait leurs soupirs.
Mais, quand l'aube, au matin, vint éclairer la ville,
On vit sur le pavé solitaire et tranquille,
Deux cadavres blanchis, deux cadavres d'enfants,
Et l'on plaignit trop tard les petits mendiants !

L'ORPHELIN

Je parcourais des morts l'asile solitaire,
Arrachant une feuille au cyprès funéraire,
Foulant d'un pas rêveur les lugubres pavots
Et laissant échapper ma tristesse à grands flots,
Quand soudain j'aperçus, au détour d'une allée,
Un enfant à genoux, dont l'âme désolée
En sanglots déchirants exhalait sa douleur,
Sur la croix d'un tombeau qui renfermait son cœur.
De l'enfant qui priait j'entendis ces paroles :

« Ils m'ont dit que là-haut comme l'oiseau tu voies

» Et que les pleurs amers ne baignent plus tes yeux !

» Que tu ne souffres plus maintenant dans les cieux ;

» Que tu fais de tes jours une éternelle fête ;

» Que le Seigneur a mis des roses sur ta tête ;

» Que tu veilles sur moi du céleste séjour

» Et que je suis encor l'enfant de ton amour !...

» Pourquoi m'avoir laissé si jeune sur la terre,

» Moi, pauvre lis, éclos au milieu d'une serre

» Et que le moindre vent menace d'effeuiller ?

» Ton doux sein maternel me servait d'oreiller

» Quand je voulais dormir ou bien de ta tendresse

» Savourer à longs traits la coupe enchanteresse !

» Sans sa mère, ô mon Dieu, que peut faire un enfant

» Dont l'âme est ignorante et le pied chancelant ?

» Ah ! puisqu'à mon amour le trépas t'a ravie

» Je ne veux plus rester après toi dans la vie.

» Appelez-moi, Seigneur, et tendez-moi la main,

» En me montrant du ciel où l'on prend le chemin ! »

Il dit, et s'éloigna du tombeau de sa mère,

Non sans jeter les yeux plusieurs fois en arrière,

Non sans verser des pleurs à ce dernier adieu

Qui dut, j'en suis bien sûr, attendrir le bon Dieu.

« O Seigneur, murmurai-je, en mon brûlant délire !
» Je ne suis pas le seul que la douleur déchire ;
» Beaucoup souffrent, hélas! ici-bas comme moi,
» Mais mon cœur te bénit, il se résigne en toi! »

LE CALOMNIATEUR

J'aime mieux le serpent qui rampe, siffle et bave,
Il mort, mais reste là ; sa tête plate est brave,
Et je puis l'écraser sous mon pied léonin.

Lui, plus lâche, tapis dans l'ombre clandestine,
De loin, comme une flèche, il lance son venin :
Il calomnie à Rome et tue en Palestine.

LA VANITÉ

Je connais un enfant qui se prend pour un homme,
Un enfant vaniteux. Faut-il que je le nomme?
Non, je ne le puis pas, ce serait l'affliger,
Car je suis presque sûr qu'il veut se corriger.
Cependant il faut bien que je ridiculise
De ce petit monsieur la morgue et la sottise ;
Il faut bien, un moment, que cet enfant gâté
Entende devant vous blâmer sa vanité.
Il n'a que dix printemps, sa figure est jolie,

De le lui dire, hélas ! sa mère eut la folie ;
Il se donne les tons d'un jeune précieux,
Et malgré ses dix ans il se croit déjà vieux.
Vous l'entendez parler et de Rome et de Sparte,
Il vante les exploits du consul Bonaparte,
Critique ce qu'il voit et ce qu'il ne voit pas,
Prend Paris pour Pâris et Gilbert pour Gil-Blas,
Discute sur le style, admire la nature,
Se connaît en histoire et surtout en peinture ;
C'est un petit savant dont l'habile caquet
Le dispute à celui du plus gros perroquet.
Il lui faut des habits qui dessinent sa taille,
Une montre d'argent pour lui n'est rien qui vaille ;
Il méprise en son cœur l'orphelin mal vêtu
Et fait dans un surtout consister la vertu.
Jamais il ne voudra faire une promenade,
Sans avoir ses cheveux bien graissés de pommade
Et sans que ses doigts blancs dans des gants parfumés
N'aient été tous les dix proprement renfermés.
Sa vanité le rend aussi sot que la grue
Et chacun rit de lui quand il est dans la rue ;
Mais lui seul est aveugle et ne sait que se voir
Dans le verre brillant d'un perfide miroir.

LE MENSONGE

Vous mentez, mon enfant !... Oh ! la vilaine chose !
Que c'est laid de mentir ! Quoi ! votre lèvre rose
Tout exprès d'un mensonge a bien pu se souiller !
Quoi ! vous avez voulu vous-même dépouiller
Le manteau d'innocence où sommeillait votre âme !
Quoi ! vous avez menti ! mais, grand Dieu, c'est infâme !
Allez, petit méchant, je ne veux plus vous voir,
Vous irez seul au lit... et sans baisers, ce soir !
Pour un morceau de sucre, un peu de confiture

Dont il s'est barbouillé les mains et la figure,
Pour quelques gâteaux pris dans le garde-manger,
Pour deux ou trois joujoux qu'il est allé changer ;
Oser ainsi mentir, en présence du monde,
Et cela pour ne pas que sa mère le gronde !!!
Oh ! monsieur, que c'est laid d'être un petit menteur !
Je déteste un enfant qui devient imposteur,
Un enfant qui se plaît à me cacher sa faute
Et qui ne peut marcher jamais la tête haute ;
Un enfant que chacun a droit de mépriser
Parce que son cœur dur ne veut pas se briser
Sous les coups du remords, parce qu'il est rebelle
A la voix du bon Dieu qui vers lui le rappelle !
Si vous saviez combien c'est affreux de mentir,
Vos deux yeux verseraient des pleurs de repentir ;
Vous auriez pour toujours en horreur le mensonge !.
Avoir un fils menteur ! J'en rougis quand j'y songe !
Mes parents, mes amis, que diront-ils de moi ?
Nul à tous vos discours n'ajoutera plus foi ;
On dira devant vous avec un faux sourire :

« Ah ! Voici le menteur ! Que chacun se retire ! »

Plus tard, quand vous voudrez dire la vérité,
L'on ne vous croira pas : vous l'aurez mérité ;
Et, semblable à l'agneau dont nous parle la fable,
Le loup, malgré vos cris, vous prendra dans l'étable,
Car vous aurez trompé le fidèle berger

Qui contre tout péril devait vous protéger !
Il est si beau , pourtant , mon fils , d'être sincère ,
De parler sans détours et surtout à sa mère !
Ah ! Pourquoi....
      Mais vos pleurs me demandent pardon ,
Et pour le refuser je porte un cœur trop bon !

UN PRÊTRE ENSEIGNANT
LE CATÉCHISME AUX ENFANTS

LA FOI, L'ESPÉRANCE, LA CHARITÉ

Enfants , nous appelons Vertus Théologales
(Vertus chez les païens qui n'eurent point d'égales) ,
Ces trois charmantes sœurs , au sourire divin ,
Qui nous montrent du ciel, chaque jour le chemin.
La première est la Foi ; le monde est sa victoire ;
L'homme pour être heureux , a tant besoin de croire !
C'est elle , mes amis , qui seule nous apprend
Ce que Dieu nous ordonne et ce qu'il nous défend.
Sa voix au fond des cœurs trouve un écho sonore ,

Quand ces cœurs sont pieux, chastes, jeunes encore.
Des saintes vérités elle remplit l'esprit,
L'anime, l'entretient, l'échauffe et le nourrit.
Son doux flambeau répand la lumière autour d'elle
Et peut brûler le monde avec une étincelle
La seconde, plus douce, a deux grands yeux d'azur
Qui reflètent toujours le ciel bleu le plus pur.
Elle est chère au malheur, à la pâle souffrance :
Vous connaissez son nom ; c'est la sainte Espérance.
Sa bouche sait trouver des mots consolateurs
Pour tous les noirs chagrins, pour toutes les douleurs;
Sur une ancre de fer sa main gauche s'appuie ;
Quand l'œil verse des pleurs, sa droite les essuie ;
Elle adoucit nos maux en les rendant légers,
Et donne du courage au milieu des dangers ;
Sous le faix des revers quand notre esprit succombe
Elle montre le ciel au travers de la tombe !
La troisième vertu s'appelle Charité ;
Elle est fille d'un Dieu mort pour l'humanité.
La crèche est son berceau, le Calvaire son temple ;
C'est là que Jésus-Christ nous en donna l'exemple :

« Aimez-vous, disait-il, aimer, c'est le bonheur,
» L'amour supporte tout, croyez-en le Seigneur. »

Cette vertu si tendre en miracle est féconde ;
C'est elle, mes enfants, qui sauva notre monde ;
C'est elle, chaque jour, qui verse à pleines mains

Et l'or et le pardon dans le sein des humains ;
C'est elle qui protége et qui réconcilie ,
Qui fait que pour un homme un autre homme s'oublie,
Abandonne son bien et verse tout son sang.
Entre mille vertus elle a le premier rang.
Croyez, mes bien-aimés, tout ce que croit l'Eglise ;
Que votre âme à la foi soit humblement soumise.
Espérez, car l'espoir dissipe les ennuis ,
Car Dieu sait nous donner tout ce qu'il a promis.
Aimez votre prochain , car, nous aimant lui-même ,
Le Seigneur dans l'amour a mis le bien suprême !...

LE PRÊTRE A SES FIDÈLES

LES PÉCHÉS

A la loi du Seigneur soumis dès votre enfance,
Vous devez, mes amis, chérir l'obéissance,
Eviter le péché, ce fléau de l'esprit,
Cette lèpre du cœur qui rarement guérit.
L'enfant, l'homme qui pèche insulte Dieu lui-même ;
Il déchire, l'ingrat, sa robe de baptême ;
Dans le sein de Jésus il enfonce un poignard
Et se livre au démon pour un mot, un regard,
Un plaisir d'un moment, une folle pensée,
Une action coupable et toujours insensée !

On compte, mes amis, sept vices principaux,
Tous connus sous le nom de *Péchés Capitaux.*
Chacun d'eux est mortel et se plonge dans l'âme,
Comme un glaive qui cherche un fourreau pour sa lame.
La blessure qu'ils font n'a rien d'originel ;
C'est parce qu'on le veut qu'ils rendent criminel.
Malheur donc à celui que le vertige entraîne,
A l'âme qui se vend et que le vice enchaîne !...
Je vais en quelques mots vous expliquer ici
Leurs funestes effets, ce qu'ils sont. Le voici :

L'orgueil est un amour déréglé de soi-même,
Qui fait que l'esprit tend toujours au rang suprême ;
Ce vice porte l'homme au mépris du prochain,
Lui fait dresser la tête et le rend inhumain.

L'avarice est pour l'or et les biens de la terre
Une brûlante soif que rien ne désaltère ;
Elle endurcit le cœur, autrefois généreux,
Et fait fermer l'oreille aux cris des malheureux.

La luxure est l'amour des voluptés coupables,
Des plaisirs défendus qui nous rendent semblables
Aux enfants de Sodome, à ces peuples méchants
Que Dieu dans les enfers engloutit tout vivants.

L'envie est un regret du bonheur de nos frères ;
Elle a des yeux jaloux, des paroles amères :
Sa langue du serpent distille le venin ,
Et son cœur est joyeux du mal de son voisin,

La gourmandise a faim , et toujours elle avale.
Au niveau de la brute elle abaisse et ravale ;
Elle hébète l'esprit , alourdit le cerveau
Et plus vite que l'âge approche du tombeau.

La colère s'émeut à la moindre parole ;
Elle éclate souvent pour un sujet frivole.
Ses effets sont la haine et le blasphème affreux
Qui réjouit Satan et fait pleurer les cieux.

La paresse s'endort sur un doux lit de plume ,
Ses deux mains du travail n'ont point pris la coutume ;
Elle aime le repos , déteste le devoir ,
Et tient ses yeux fermés afin de ne point voir.

Voilà donc du péché les sept sources impures ,
Les bouches qui vers Dieu vomissent tant d'injures.
L'homme qui fait le mal , mes amis , a bien tort,
Car le péché pour l'âme est un germe de mort.

LE PAPILLON ET LA FLEUR

Je n'ai pas comme toi , dans le parc magnifique
De l'homme qui naquit pour la félicité ,
Quelqu'un qui chaque jour à me soigner s'applique ,
      Mais j'ai la liberté.

Je n'ai pas comme toi ce parfum que l'on aime ,
En moi , j'ai reconnu plus de simplicité.
Tu m'es supérieure en tout , en couleur même ,
      Mais j'ai la liberté.

RÉCIT D'UN DE MES AMIS

I

Puis enfin je préfère
A la lubricité,
La tendre volupté
Que cache un doux mystère.

Hélas ! hélas ! une maîtresse !
C'est un verre d'amour à sabler en un coup,
C'est un jouet qui dure autant qu'une caresse,
Autant qu'un baiser sur son cou.

Hélas ! hélas ! une amourette !
C'est un désir qui naît et meurt presque aussitôt :
Le temps de chiffonner la frêle collerette ,
De dégrafer le caracot.

Pauvre illusion qui s'envole ,
Je fus assez naïf aussi pour les aimer ,
Et le moindre bouquet, le mot le plus frivole
Me faisait rêver et pâmer.

Aujourd'hui j'ai l'âme distraite ,
Près d'elles le dégoût me soulève le cœur ,
La plus fraîche beauté me paraît imparfaite
Et ne me laisse que froideur.

Je vois les traits qui se flétrissent,
Les yeux qui sous le riz sont ternes et cerclés ,
Et les seins déformés qui tombent ou maigrissent ,
Les cheveux rares ou brûlés.

Elles sont belles... à la lampe,
Elles ont un éclair de grâce et de gaîté ,
Puis devient la luxure impudique, qui rampe
Sous les pas de la volupté.

II

Je veux que nuit et jour
Tu m'aimes. Nuit et jour ! héla

Si je rêvais une maîtresse ,
Je la voudrais de belle humeur ,
Sinon dans toute sa jeunesse ,
Du moins dans toute sa fraîcheur.

Si je cherchais une maîtresse ,
Je lui voudrais de petits pieds ,
Petite bouche et longue tresse
De cheveux noirs et déliés.

Si je prenais une maîtresse ,
Je la voudrais sans vanité ,
S'habillant de sa gentillesse
Et se parant de sa beauté.

Si je gardais une maîtresse,
Je la voudrais sachant causer,
Car bien vite le baiser cesse
Et l'ennui succède au baiser.

Hélas ! rêver une maîtresse,
La vouloir seul et toute à soi,
C'est rêver creux, je le confesse,
Et je me tais, je sais pourquoi.

III

> Le repas fut fort honnête,
> Rien ne manquait au festin.

J'aime la gaîté qui brille
Dans un œil de bonne fille,
J'aime goûter d'un bon vin,
Lorsque surtout la bouteille
Répand sa liqueur vermeille,
Noire sous sa blanche main.

J'aime la tranquille ivresse :
Un souper, une maîtresse
Qui rougit, seule, avec vous ;
Son gracieux becquetage
Et son charmant babillage
Et les propos les plus fous.

J'aime enfin, car c'est la vie,
L'intrigue longue et suivie,
L'amour dont rien n'est perdu :
Ses tourments, ses fantaisies,
Ses douceurs, ses frénésies,
Fruit permis ou défendu !

IV

Femme sensible, entends-tu le ramage....?

Va! rime à flots, pauvre poète,
Verse ton cœur sur le papier,
Pour ces filles au cœur si bête,
Qu'aucune ne peut te payer.

Te payer! Que dis-je? Peut-elle
Comprendre ton plus simple mot!
Tes images sont bagatelle,
Ta poésie est de l'argot.

Es-tu donc vraiment si frivole
Que de leur croire une raison?
Cela connaît la gaudriole
Et la bouteille et la chanson!

Mois des vers! Oh Dieu! la deveine!
Peut-on les boire ou les manger?
Non? Oh rengaîne alors, rengaîne.
O muse, ailleurs va te loger!

Puis, qu'il est donc bête de dire,
Les lui glissant entre les doigts:
Ah ! tiens ! voilà, si tu veux lire,
Des vers que j'ai rimés sur toi !

Elle rira ! tu le mérites.
Car enfin tu devais savoir
Que pour écumer les marmites
On ne met pas son habit noir.

V

La vie est si fragile !
Que c'est pure folie et sottise, je crois ,
De calculer sur elle un désir , si futile
Et si petit qu'il soit.

L'amour est si volage
Et la chair est si faible et l'esprit si léger !
Que c'est de l'imprudence ou de l'enfantillage
De vouloir y songer.

L'amitié ! Chose rare.
Les amis les plus sûrs sont ceux qu'on a perdus ,
Ceux-là dont une absence ou la mort vous sépare ,
Et qu'on n'éprouve plus.

Bonheur enfin ! Beau rêve !
Mirage séduisant fait de reflets menteurs ,
Qui fuit comme l'objet que l'on poursuit sans trève
Au fond des flots moqueurs.

VI

J'aime assez le pourquoi des choses,
Je vais souvent le chercher loin.
Des effets je remonte aux causes
Et fouille le moindre recoin.

J'aime à savoir comment le cuistre,
Qui si longtemps fut perruquier,
Est devenu porte-registre,
Bibliothécaire ou plumier.

Comment le frais millionnaire,
Plus insolent que ses valets,
En luxe changea sa misère
Et son taudis en un palais.

Enfin, je me creuse la tête,
Trouvant problème à chaque pas,
Jusqu'au grand pourquoi qui m'arrête
Et que nul ne sait ici-bas.

VII

Le bonheur même est monotone,
Il n'est qu'un seul charme aux amours,
L'imprévu, que n'attend personne,
L'imprévu, qui séduit toujours.

Hier, demain, toujours fidèle,
Toujours la même au même instant ;
C'est l'aiguille sempiternelle
Qui se rouille au même cadran.

Mais l'imprévu, mais l'aventure,
Mais la femme prise en deux temps,
Dans l'omnibus, dans la voiture,
Voire même aux cafés chantants.

C'est la volupté poétique,
Faite pour chasser le dépit,
Comme un chapon d'ail énergique
Pour ravigoter l'appetit.

VIII

J'ai toujours eu du caprice,
Dès mes jours de puberté,
Pour l'esprit et la malice
Réunis à la beauté.

J'ai toujours aimé la fille
Chatouilleuse sans façon,
Qui saute comme une anguille
Et glisse comme un poisson.

J'ai toujours dans l'amourette
Aimé du plus fort amour
La gracieuse fillette
Amoureuse nuit et jour.

Mais j'aime, sur toute chose,
Après les tendres ébats,
Le jaser qui vous repose
De l'amour qui vous met bas.

IX

Comme un cœur à vingt ans bondit aux rendez-vous

Rejoindre à dix heures chez elle
Une femme qui n'est pas là ,
Allumer tout seul sa chandelle,
Lire ou bailler sur un sopha !

Chiffonner d'une main distraite,
En tordant un régalia ,
Un mouchoir , une collerette,
Effeuiller un frais dalhia !

Parcourir enfin toute chose
Qui traîne et gît de maint côté ,
Sans savoir où la main se pose,
Sans savoir où l'œil s'est arrêté !

Attendre , enfin ! attendre encore !
Epeler l'heure qui s'enfuit,
Lorsque le cœur brûle , et dévore
Le moindre pas , le moindre bruit !

C'est là pourtant ce qui s'appelle
Un rendez-vous d'amant heureux.
Vous êtes seul reçu chez elle,
Mais vous droguez une heure ou deux

OUI ET NON

Deux êtres exclusifs, comme gens à systèmes
Qui sans discernement adoptent les extrêmes,
Oui, non, vivaient jadis chacun de son côté,
Toujours, par complaisance ou par simplicité,
    L'un était pour l'affirmative,
    Et l'autre, bizarre, entêté,
    Se tenait sur la négative.
    Le vrai, le faux, nos forcenés
Confondaient tout, comme vous devinez.

Cette monomanie absurde , inconcevable ,
Leur valut maints brocards, leur fit maints ennemis.
A la fin , chacun d'eux à la raison soumis ,
Se montra désormais plus juste, plus traitable.
On les vit , renonçant à leur rivalité ,
S'embrasser comme deux bons frères.
S'ils soutiennent encor des arguments contraires,
C'est pour l'amour du bien et de la vérité.

LE BONHEUR

« En suivant des grandeurs le chemin si battu ,
Vers le bonheur j'arriverai, sans doute ?...
— Pour trouver le bonheur, change, change de route ;
        Suis le chemin de la vertu. »

CONSEIL AUX FEMMES

Jeunes beautés qu'amour enflamme,
Jeunes beautés, écoutez-moi ;
Craignez d'abandonner votre âme
Au Dieu dont vous suivez la loi :
Source de joie et de tristesse,
C'est un ingrat, c'est un enfant ;
Il faut user d'un peu d'adresse,
Et l'enchaîner en lui cédant.

L'amour pour vous est une affaire,
L'amour pour l'homme est un plaisir ;
S'il est jaloux par caractère,
Il est volage par désir :
Imitez-le, lorsqu'il s'envole ;
Dès qu'il s'irrite, osez le fuir ;
Quand de sa perte on se console,
Il est prompt à reconquérir.

Quelque transport qui vous agite,
Ne pardonnez qu'avec effort :
Un pardon accordé trop vite
Semble permettre un nouveau tort.
Que le mépris seul vous anime,
Si l'on blesse encor votre cœur ;
Un second outrage est un crime,
Un premier peut être une erreur.

Ne pleurez jamais un volage,
Ne cherchez point à l'outrager ;
Ce n'est qu'en montrant du courage
Qu'une femme doit se venger :
Pourtant évitez le coupable,
Vos feux pourraient se rallumer ;
On trouve toujours trop aimable
L'amant qu'on doit cesser d'aimer.

Vous-même, en votre humeur légère,
N'élevez point de vains débats :
Quand un objet cesse de plaire
On lui croit des torts qu'il n'a pas.
Le repentir suit les coquettes,
Plus on change et moins on est bien ;
Restez toutes comme vous êtes,
Aimez longtemps, ou n'aimez rien.

Souvent, plus amoureux que tendre,
Un amant choque innocemment ;
Il voit nos pleurs sans les comprendre,
Et blesse encor en s'excusant :
D'une fausse délicatesse
N'allez point alors vous armer ;
Songez qu'un peu de maladresse
N'empêche pas de bien aimer.

Quand du temps la faulx redoutable
Viendra moissonner vos attraits,
Qu'un esprit toujours plus aimable,
Fasse oublier un teint moins frais :
On attire par la figure,
Mais on conserve par l'esprit,
Et l'esprit est une parure
Que jamais le temps ne flétrit.

Si la vieillesse enfin vous glace,
Sachez renoncer aux amours ;
Que l'amitié, prenant leur place,
Embellisse vos derniers jours :
Un vieux et paisible ménage
Connaît encor quelques douceurs ;
L'hiver a des jours sans nuage.
Et sous la neige il est des fleurs.

UN MARI JALOUX

Ces outrages que vous me faites,
Ingrat, quand seront-ils finis ?
Connaîtrez-vous ce que vous êtes ?
Connaîtrez-vous ce que je suis ?

Près de moi tout vous fait ombrage,
Vous m'épiez matin et soir ;
Ou vous me croyez bien peu sage,
Ou vous croyez bien peu valoir.

Qu'on me parle, qu'on m'applaudisse,
Vous êtes sombre ou malheureux ;
Il faut donc que l'on me haïsse,
Pour me rendre aimable à vos yeux.

Ce frivole hommage vous pèse :
C'est être aussi par trop jaloux !
Qu'importe qu'à d'autres je plaise,
Si je ne me plais qu'avec vous.

Par un soupçon défavorable
Pourquoi toujours être alarmé !
Quand vous vous rendez moins aimable,
Croyez-vous être plus aimé ?

Si je voulais changer de flamme,
Que me feraient ces vains éclats ?
Rien ne peut retenir une âme
Quand l'amour ne la retient pas.

De cet excès de défiance,
Cherchez plutôt à vous guérir :
Toujours douter de ma constance,
C'est m'engager à la trahir.

Je vous aime, et je m'en fais gloire,
Je ne vis que pour vous aimer ;
Mais n'allez pas me faire croire
Qu'un autre objet peut m'enflammer.

Tous deux vainqueurs, tous deux esclaves,
N'effarouchons point le plaisir ;
L'amour doit avoir des entraves,
Mais il ne doit point les sentir.

LE MÉCHANT

Il est un Dieu pour les auteurs,
Qui leur fait mépriser l'envie ;
Il est un Dieu pour les buveurs ;
Il est un Dieu pour la folie ;
Il est un Dieu pour les amants ;
Il est un Dieu pour la faiblesse ;
Il est un Dieu pour la vieillesse ;
Il n'en est pas pour les méchants.

On pardonne à l'homme indigent
Un peu d'humeur et d'injustice ;

8.

On pardonne à l'homme impudent
Un propos tenu sans malice ;
On pardonne au sot ignorant ;
On pardonne au juge sévère ;
On pardonne à l'homme en colère ;
Mais jamais à l'homme méchant.

Celui que fuyait le bonheur ,
Souvent le trouve dans les larmes ;
Le sage le trouve en son cœur ,
Le guerrier dans le bruit des armes ;
L'amant le doit au sentiment,
La jeune fille à sa parure ;
Il est partout pour l'âme pure ;
Mais nulle part pour le méchant.

On aime jusques aux défauts
Du fils à qui l'on donna l'être ;
On aime, en souffrant mille maux,
L'infidèle qui les fit naître ;
Pour l'ingrat, s'il est repentant,
On ne peut être inexorable ;
Au supplice on plaint un coupable ;
Mais on hait toujours un méchant.

LA COQUETTE

De la nature bienfaisante,
Eglé reçut tous les présents :
Finesse, esprit, grâce touchante,
Air noble et doux, gaîté, bon sens ;
On est frappé par sa figure,
On est séduit par son regard ;
Mais elle sait, à force d'art,
Gâter les dons de la nature.

Sa taille est simple et délicate,
Un corps la gêne et la roidit ;
Sur son beau teint la rose éclate,
Un fard imposteur le ternit ;
Son pied souffre dans sa chaussure ;
Des cheveux cachent ses cheveux ;
Que de peines et de soins, grands dieux !
Pour défigurer la nature.

Son attitude est composée,
Sa robe drape ses appas ;
Si sur vous sa main s'est posée,
C'est pour faire briller son bras.
Pour développer sa figure
Elle lève les yeux au ciel ;
Et l'air qu'elle croit naturel,
Est l'opposé de la nature.

Chante-t-elle ? Sa voix sonore
Choque par de trop grands éclats ;
Danse-t-elle ? C'est Therpsychore,
Mais calculant ses moindres pas :
D'une sensibilité pure
Elle aime à vanter le tourment,
Mais c'est toujours en minaudant
Qu'elle parle de la nature.

Douce et bonne autant que jolie,
Elle est méchante par bon ton ;
Elle se lève, elle s'écrie,
Pour attirer l'attention ;
Enfin, beauté, talents, lecture,
En elle tout brille et déplaît :
Ah ! pour plaire il n'est qu'un secret,
Et c'est celui de la nature.

QUATRAIN

Si ce portrait en nous porte un charme puissant,
Si de mille vertus il nous offre la trace,
S'il joint à la bonté la noblesse et la grâce,
N'en soyons pas surpris, c'est qu'il est ressemblant.

A Mlle MARIE B***

Lorsque je rencontre une femme,
Que mon cœur soit triste ou joyeux,
Pour y voir rayonner son âme
Je la regarde dans les yeux.

Et si j'y trouve une étincelle
Du feu qui dévore mon sein,
Sans peur d'être refusé d'elle,
J'approche et je lui tends la main.

Hier vous m'étiez inconnue
De visage autant que de cœur ;
Mais sitôt que je vous ai vue
J'ai murmuré : C'est une sœur.

Vous lisiez les vers de Charlotte
A voix basse et les yeux baissés ;
Poète, avais-je atteint la note
Qui touche l'âme ? — Je ne sais.

Mais lorsque l'œil devient humide,
On peut prendre à témoin les cieux
Que le cœur n'est pas trop aride,
Car le cœur est bien près des yeux.

Merci de vos larmes sincères !
Dieu vous les paiera dans le ciel.
Puissent-elles sur vos misères
Retomber en gouttes de miel !

A Mme LA VICOMTESSE DES M ***

Lire un poète est chose aimable,
Mais l'aimer, après l'avoir lu,
C'est plus rare et plus estimable :
Cet amour-là m'a toujours plu.

On était étranger la veille,
On ouvre un livre et nous voilà
Pris par le cœur et par l'oreille.
Quel amour pur que celui-là !

Un vers, un mot, un cri de l'âme
C'est assez pour se rencontrer ;
Je suis sûr du cœur de la femme
Quand je la vois lire et pleurer.

Oh ! merci d'avoir su comprendre
Que le seul poète ici-bas
Est celui qui nous fait répandre
Des pleurs qu'on ne soupçonnait pas.

A MON AMI PH.

Elle est brune et toute mignonne,
Elle est pâle, elle a de grands yeux
Qui font songer les amoureux,
Et n'a peut-être aimé personne.

Elle est petite, elle a vingt ans,
Son front est couronné de tresses;
Ses mains sont pleines de caresses
Qu'elle ne donne qu'aux enfants.

Elle est finette, elle est chagrine,
Elle vous dit d'un air moqueur
Des choses qui font mal au cœur,
— Histoire de paraître fine ! —

La vérité, c'est qu'elle sait
Qu'on la laisse faire à sa tête,
Et que sans chercher de conquête,
Avec sa malice elle en fait.

La vérité, c'est qu'elle est femme
Jusqu'au bout de ses jolis doigts,
Et qu'elle fixerait mon choix
Si j'étais libre de mon âme.

Car sa bouche et ses yeux ardents,
Quand elle vous cherche querelle,
Vous font entrevoir qu'étant belle,
Elle est aussi bonne au dedans.

MARIE

Viens dormir dans mes bras ; que ta tête repose
Paisible sur mon cœur ; je veux voir à loisir
Tes beaux yeux entr'ouverts, et ta bouche mi-close ;
      Je veux sur ta lèvre saisir,
Respirer lentement ton haleine embaumée.
        Qu'à ton souffle, ô ma bien-aimée !
        Mon cœur palpite de plaisir !

Es-tu belle, ma sœur, la tête ainsi penchée,
Et les bras arrondis ! Comme tes blonds cheveux
Retombent mollement ! Par leurs boucles cachée
        Comme d'un voile gracieux,

Aux anges tu souris, et dans tes rêveries,
    Errant sur les grèves fleuries,
    Tu crois te mêler à leurs jeux.

Puisses-tu, pauvre enfant, voir leurs troupes fidèles
La nuit auprès de toi revenir voltiger !
Qu'ils daignent te couvrir de l'ombre de leurs ailes,
    Eloigner de toi tout danger.
Préserver tes beaux pieds de toute fange immonde ;
    Et que dans l'exil de ce monde
    Ils soient là pour te protéger !

Qu'ils écartent bien loin la ruse, l'artifice ;
Que jamais du méchant le souffle corrupteur
N'arrive jusqu'à toi ; qu'une main protectrice
    Repousse le mal de ton cœur.
Enfant, croîs en beauté de même qu'en sagesse,
    Pour que ta mère en sa vieillesse
    Puisse te bénir, ô ma sœur !!

A UN VIEILLARD AMOUREUX

O malheureux vieillard ! Ton œil terne s'allume
Lorsque vient à passer cette jeune beauté ;
Tu trembles... je connais le mal qui te consume ,
     Malgré ton sourire affecté.

Je ne te dirai pas que l'amour à tout âge
Est un songe suivi d'un réveil douloureux ,
Ni que pour un vieillard c'est se montrer peu sage
     Que d'être à ce point amoureux,

Si l'amour est aveugle, hélas ! dès la jeunesse
Sans y voir devant lui, jeune insensé s'il court,
Je sais bien que, de plus, il est dans la vieillesse
    Tout à la fois aveugle et sourd.

Tu te berces, crois-moi, d'une vaine chimère ;
Avec tes traits ridés, avec tes cheveux blancs,
A cette belle enfant tu te flattes de plaire ;
    En dépit de tes soixante ans.

Celle que tu poursuis de tes feux les dédaigne,
Et rien jusqu'à ce jour ne fléchit ses rigueurs,
Voilà pourquoi, vieillard, ton cœur déchiré saigne,
    Pourquoi tes yeux versent des pleurs.

L'IDÉE

Ah ! nous aurons vécu d'éternelles années !..
Victoire insaisissable ! Injurieux destin !
Triomphes décevants ! Gloires empoisonnées !
Espérances d'un jour que le soir a données,
   Qu'importe le matin !

Quoi ! Français ! le hasard vous fera cet outrage ?
Quoi ! la brutalité de ces hordes sans nom
Aura fait reculer votre héroïsme !... O rage !
Vous avez le bon droit, vous avez le courage ;
   Ils n'ont que le canon !

Orléans retombe dans leurs mains. .. et dans l'ombre,
Les dévastations, le pillage et la mort !
Nos malheureux soldats écrasés sous le nombre !
Dieu juste ! veux-tu donc que le navire sombre,
      Quand nous toucherions au port ?

Et Guillaume, adorant ta puissance infinie,
Dans sa piété fauve encense tes autels ;
Et cette royauté se redresse infinie,
Et sur mon propre cœur ma sanglante ironie
      Retombe en traits mortels !

Et les rois, ses vassaux, entreront en campagne :
Et quelque jour peut-être un sol républicain
Le verra couronner empereur d'Allemagne ;
Et ce prince enivré se croira Charlemagne,
      Ou du moins Charles-Quint !

Non ! la force ne peut anéantir l'idée !...
Sur une foi nouvelle un nouveau jour a lui.
Puissance des Césars, par le glaive gardée,
Quand, du haut de sa croix, Jésus t'eut regardée.
      Le monde fut à lui !

Que les princes, les rois, et l'Allemagne,
Glaives, canons, fusils, soldats et nation
Se rassemblent; l'esprit brisera la matière,
Et tu feras tomber ces foules en poussière,
     O Révolution!

Non, je ne doute pas; et mon ardente veille,
En enflammant ces vers a ranimé ma voix!
La nuit a raffermi mon âme et la conseille;
Et je m'écrie, avec Pauline, de Corneille:
     Je vois! je sais! je crois!

LA SAINTE-VEHME

L'assassinat?... jamais ! — Comme la Sainte-Vehme,
Des tribunaux secrets enflammant les esprits,
Sur Guillaume et Bismark ont jeté l'anathême,
  Et mis leur tête à prix.

Non !.. l'honneur sans souillure est à la France altière
Ce qu'est la neige vierge à d'orgueilleux sommets ;
Son bras, quand il le faut, tue en pleine lumière,
  Mais dans l'ombre, jamais !

Qu'importent les forfaits d'une race ennemie ?
Faut-il par le poison punir l'empoisonneur ?
On ne mesure pas la peine à l'infâmie,
       Mais à son propre honneur !

N'oublions pas, surtout, que l'argent prostitue
Ce qu'il paye, et flétrit encore un tel dessein ;
Pour sauver la patrie on se dévoue, on tue !...
       L'argent fait l'assassin.

Qu'un soldat les ajuste et les frappe à la tête,
Dans quelque coup de main servi par le hasard,
Et ce jour-là sera pour nous un jour de fête ;
       Mais à bas le poignard !

Ces procédés fâcheux conviennent à la Prusse ;
Ils souilleraient la France en y donnant accès.
Pour y donner ma voix, il faudrait que je fusse
       Prussien et non Français !

A VICTOR HUGO

LA COQUETTERIE

A Mademoiselle S...

Du sol que ton regard en cet instant peut-être
Contemple à l'horizon,
Je viens placer ces fleurs, ô poète, ô mon maître,
Au seuil de ta maison.

Ah! vous ne voulez pas qu'on vous dise coquette,
Vous qui, matin et soir,
Préparez vos regards et vos poses de tête
Devant votre miroir !...
Vous qui, hors du rayon de votre crinoline,
Savez si volontiers,

D'un pied mignon étreint en mignonne bottine,
        Nous allonger le tiers !...
Vous qui pour mieux montrer votre main fine et blanche
        Et votre bras charmant,
Laissez à point nommé le bord de votre manche
        Ouvert nonchalamment...
Vous enfin qui, tenant à ce qu'on vous admire,
        Et rêvant une cour,
Faites tous vos efforts pour être un point de mire
        Et jouez à l'amour !...
Oui, la coquetterie est l'art de toujours plaire,
        De briller en tout temps ;
Et vous le possédez : C'est la pierre angulaire
        De vos dix-sept printemps...

Vous excellez surtout à lancer ce sourire
        Qui frappe l'homme au cœur :
Nul ne peut résister à son terrible empire,
        Qu'il soit doux ou moqueur.
C'est que vous savez trop que vous êtes jolie ;
        On vous l'a dit cent fois.
L'un se plaît à vous faire anémone, ancolie
        Ou pervenche de bois !
L'autre aperçoit en vous une splendide aurore
        Naissant à l'horizon,
Etincelante étoile ou brillant météore
        Qui trouble sa raison.

Vous êtes en un mot une perle choisie
    Au riche écrin des cieux,
Et j'en connais plus d'un frappé de frénésie
    Par l'éclat de vos yeux.
Mais tout charmant qu'il soit, l'amour, prenez-y garde,
    Est un terrible jeu :
Il est prudent qu'au moins à deux fois y regarde
    Qui joue avec le feu.
Avoir foi dans sa force est souvent chimérique,
    Trompeurs sont les attraits
Des rosiers parfumés : qui s'y frotte s'y pique...
    N'approchez pas trop près...
Sachez-le bien d'abord : la jeunesse, la grâce,
    Et la fraîcheur du teint
Ne durent pas toujours.. Un temps vient où tout passe,
    Le cœur même s'éteint ;
Et dans son agonie à chaque heure on regrette
    La candeur du départ.
On voudrait bien n'avoir jamais été coquette...
    Hélas ! il est trop tard !...
Il ne reste plus rien de cette foi naïve
    Si chère aux souvenirs,
Et les vieux courtisans s'en vont sur l'autre rive
    Porter nouveaux soupirs.

L'AME DU POÈTE

Ta main, Dieu créateur, sème les cieux d'étoiles ;
Tu donnes à la nuit son silence et ses voiles,
     Au jour son éclatant soleil ;
La fleur a ses parfums, l'océan ses colères,
L'oiseau ses chants d'été, le bois ses doux mystères,
Le Vésuve sa lave, et l'enfant son réveil !

Mais le poète, élu de ta gloire éternelle,
Le poète, au rayon de ta sainte prunelle,
     Eclairé comme un vaste autel,

Sous ton souffle puissant, comme une ardente flamme,
Sent naître en lui ce feu que tu nommes une âme,
Luth saint fait pour vibrer à l'unisson du ciel !...

Enfant, il rêve ; il voit des mystères étranges !
Sur des nuages d'or il joue avec les anges ;
      Pour lui, l'étoile est une fleur ;
Le ciel est un palais d'azur et de lumière :
Il écoute des chœurs inconnus à la terre ;
Il ne sait pas qu'il vit, mais il a le bonheur !...

Il grandit, et l'amour aux enivrants mensonges
Vient secouer sur lui son délire et ses songes !
      Il croit, voyageur attéré,
A la fraîche oasis pleine d'eaux et d'ombrages,
Qui flatte ses désirs par de trompeurs mirages :
Il marche... mais toujours fuit le terme espéré !...

Comme une jeune fleur, instant caressée
Par les si doux baisers de la brise empressée,
      Se penche aux feux ardents du jour,
Quand s'envole son rêve, il sent, lui, le poète,
Tomber un poids amer dans son âme inquiète,
Et se voile en disant : « Qu'est-ce donc que l'amour ? »

16e vers, lisez : *un instant.*

Mais Dieu, qui sait pourquoi se soulèvent les ondes,
Pourquoi naît le printemps, pourquoi roulent les mondes
    Aux coupes de la volupté,
Poète, ne veut pas que ta lèvre s'attache !
Car sa main t'a commis une plus large tâche :
Au flambeau du progrès guider l'humanité !

Voilà ta mission, ta mission sublime !
Comme l'aigle qui plane au-dessus de l'abîme,
    Ne contemplant que le soleil,
O poète ! va donc, le front haut, la voix fière,
Comme l'aube au matin apporte la lumière,
Aux vieilles nations annoncer le réveil !

    Ton âme est la lyre sonore
    Qui résonne dans tous les cœurs,
    Et de qui pleure, souffre, implore,
    Suspend ici-bas les douleurs !

Au seuil du misérable étendu sur sa couche,
L'œil de larmes noyé, la bonté sur la bouche,
    Ta voix pénètre, ô bienfaiteur.
Tu chantes, et soudain, comme après la nuit sombre,
Un jour splendide et pur vient succéder à l'ombre,
Un doux rayon d'espoir redescend à son cœur !..

L'artisan, harassé de sa tâche écrasante,
Sent couler sur son front la sueur énervante ;
      Son sein s'oppresse haletant !
Il faiblit, maudissant l'étreinte qui le plie...
Mais ton luth a vibré : la fatigue s'oublie,
Et du fardeau si lourd il se charge en chantant !

A tous les cœurs brisés, à toute âme flétrie,
Au proscrit accablé qui pleure la patrie,
      Aux Brutus courbés sous les fers,
O Poète ! ton âme ardente, libre et fière,
Exhale un chant d'amour, d'espoir et de prière,
Qui mêle un peu de miel aux calices amers !...

Comme un foudre puissant qui roule dans la rue,
Ta voix fait tressaillir la grande foule émue
      A tes champs brûlants de fierté !
Tu frappes le tyran dans son orgueil impie !
Et les peuples, unis au nom de la patrie,
Se pressent à l'autel de la fraternité !...

O de l'humanité réformateur sublime !
Nais, grandis, rêve, chante : à toi la haute cime
      De la sainte immortalité !

Ton âme est du Seigneur une essence suprême,
Qui jette aux uns l'amour, aux autres l'anathême,
A tous un souffle ardent pour l'Ange-Liberté !!!

L'ATTENTE

L'aurore a répandu de sa coupe riante,
Goutte à goutte, un nectar dont s'abreuvent les fleurs ;
D'azur, de pourpre et d'or, sa robe étincelante
Déjà caresse nos champs cristallisés de pleurs.
Viens donc, ô mon Adèle ! en ce lieu solitaire,
Respirer le parfum des urnes du matin ;
L'éblouissant flambeau qui des cieux nous éclaire
Semble, tout radieux, se lever au lointain.
Ah ! viens d'un pied léger effleurer l'herbe tendre,

Voler sous le ciel bleu comme un blanc papillon ;
Impatient déjà, vois, tout semble t'attendre :
L'oiseau t'appelle en vain en rasant le sillon ;
Tout respire l'amour, tout rêve de caresses...
Le limpide ruisseau veut refléter tes yeux,
Et la brise voudrait, frémissant dans les tresses,
S'enivrer en jouant avec tes blonds cheveux...
Mais, hélas ! à ma voix, ta voix reste muette...
Et pourtant le soleil a couvert l'horizon.
J'écoute et n'entends rien... mon âme est inquiète...
Car sous tes pas devrait frissonner le gazon :
Pourquoi ne viens-tu pas ? La tristesse me gagne,
Devrais-je entendre seul, épars dans la campagne,
D'insouciants bergers chantant sous les ormeaux ?
Non, non, l'essaim joyeux des perfides mensonges,
Sans doute en te berçant prolonge ton sommeil,
Enfant, va, ne crois pas qu'on n'est heureux qu'en songes,
Le bonheur sait aussi nous sourire au réveil !
Tu viendras, j'en suis sûr ; mais l'attente est cruelle :
Quand on aime ici-bas un rien fait tant souffrir !...
Hélas ! Si tu devais un jour m'être infidèle !
Vivre sans ton amour serait cent fois mourir.

A Mme R***

S'il n'est aimé ,
L'homme ici-bas , madame , est peu de chose :
C'est comme un être déformé
Que , de son coin , le destin raille ou glose ,
S'il n'est aimé ,
Oui , madame , s'il n'est aimé.
S'il n'est aimé ,
L'homme devient méchant , sceptique , impie ;
Puis , par le doute consumé ,

Dans le dégoût empoisonne sa vie,
　　　　S'il n'est aimé,
　　Oui, madame, s'il n'est aimé.
　　　　S'il n'est aimé,
Au mois de mai, lorsque le vent secoue
　　Le bourgeon à peine formé,
Un frisson court de son cœur à la joue,
　　　　S'il n'est aimé,
　　Oui, madame, s'il n'est aimé.

A BERTHE

Mignonne , es-tu dévote et fais-tu ta prière ?
Fais-tu ton examen avant de te coucher ,
Et te reproches-tu comme un vilain péché
De nous être embrassés une journée entière ?

Quand un vague sommeil alourdit ta paupière ,
Quel nom murmures-tu ? Quel oiseau passager
Te traverse la tête , et quel mot messager
S'envole de ta lèvre en soufflant ta lumière ?

C'est — je le gagerais, moi qui rode alentour —
L'amour, le fol amour et l'éternel amour !
Car je sens sur mon front passer une caresse.

Et toi, pure dans l'ombre où tu vas sommeiller,
Tu poses tes cheveux nattés sur l'oreiller,
Et dans ton petit lit tu pleures de tendresse.

I

Je meurs d'amour, je suis amoureux comme un chien !
Oh ! donne-moi ta bouche, et mets sur tes lèvres
Ton rire virginal ! — Non, rien au monde, rien
Au monde n'éteindrait tout le feu de mes fièvres.

Jusqu'ici, l'œil perdu au ciel, et triomphant
Si je pouvais au cœur me piquer une rose
Echappée à tes doigts, naïf comme un enfant,
Je t'aimai sans vouloir ni songer autre chose.

Mais à présent je veux t'adorer à genoux
Et rester devant toi le front dans la poussière,
Respirant le parfum si cruel et si doux
De ton merveilleux corps rayonnant de lumière.

Je veux baiser tes pieds comme les pieds des dieux
Et je veux sangloter d'amour sans fin ni trêve,
Et vendre à qui voudra ma place dans les cieux
Pour presser dans mes bras ta chair qui fut mon rêve.

II

S'il me fallait mourir le premier soir d'amour
Où ton âme serait fiancée à la mienne,
Où ton corps, éclatant de la splendeur du jour,
A mon corps enlacé comme par une chaîne,
Me livrerait ses chairs superbes, ses seins blancs
Dont les pointes sont des rubis étincelants,

Avec sa large hanche à l'opulent contour
Et tes jambes d'ivoire amoureuses et fines ;
S'il me fallait mourir par ce beau soir d'amour
Dans un enivrement de voluptés divines,
Je n'hésiterais pas, et mon cœur tourmenté
Dans un instant mettrait toute une éternité.

Et je me coucherais, pour ne plus m'éveiller,
Sous des rideaux de pourpre et parmi des dentelles ;
Je poserais mon front brûlant sur l'oreiller,
Et quand j'aurais goûté tes caresses mortelles,
Je baiserais ta bouche et je m'endormirais
Dans le tiède parfum de ton corps jeune et frais.

III

AUTREFOIS

Je me rappelle un soir du temps où j'ai vécu
Comme un autre , laissant s'épanouir mon âme
Aux sereines clartés des beaux yeux d'une femme
Qui m'avait regardé et qui m'avait vaincu.

Je me rappelle un soir de cette époque ancienne ;
Au brusque vent de nuit se tordaient ses cheveux .
Et je la suppliais du sourire et des yeux ,
Et ma main étreignait si doucement la sienne !

Pourtant bien que le flot murmurât jusqu'à nous ,
Que nous eussions vingt ans et qu'elle fût si belle ,
Comme un ange attristé qui referme son aile ,
Elle ne me dit rien , ce soir de rendez-vous.

Si ta main tout-à-coup , chère âme , fut glacée ,
Si ta bouche perdit son âme et ses baisers ,
C'est qu'un frisson mortel nous ayant traversés ,
Nous eûmes tous les deux une même pensée.

La foi des jours anciens a fini par tarir,
Nul ne pense bondir jusqu'aux cieux d'un coup d'aile;
Et ne comprenant rien à la vie immortelle,
Chaque jour, en vivant, nous nous sentons mourir.

Ainsi, rien ne devait rester de notre extase!
Nos jours délicieux devaient donc s'échapper
Comme, goutte après goutte, et pour se dissiper,
L'eau s'échappe à travers les fêlures d'un vase!

Et tristes, nous songions. Le sifflement aigu
Des bises se mêlait à la clameur des vagues;
Et maintenant, perdu dans des souvenirs vagues,
Je me rappelle un soir du temps où j'ai vécu.

VIOLETTES

Ma fille, sois comme elles.

Pauvres petites fleurs si pures, si timides,
Que le soleil naissant venant épanouir,
Vous glissez humblement sous les herbes humides
    Vos calices prêts à s'ouvrir.

Dans les sentiers déserts qui vont en pente douce,
Aux solitaires bords des ruisseaux murmurants,
Vous aimez à cacher, ainsi que sous la mousse,
    Vos beaux pétales odorants.

Vous dormez à l'abri de nos vieilles murailles,
Où le lierre suspend ses longs rameaux en deuil,
Près de ces murs noircis au souffle des batailles,
    Et vous parfumez leur orgueil.

Aussi l'humidité près de vous s'est posée :
Cet ange aimé de Dieu semble vous caresser ;
Le ciel verse sur vous sa première rosée,
    Le soleil son premier baiser.

L'ORPHELINE AU TOMBEAU

DE SA MÈRE

Ils m'avaient envoyé dans la forêt lointaine ;
Ils m'avaient dit : Là-bas tu cueilleras des fruits ;
Là, le vent d'orient berce de son haleine
La perle suspendue à la tige incertaine,
Comme l'étoile d'or qui tremble au ciel des nuits.

Et je n'ai pas cueilli les fruits de la vallée,
Ni cherché la rosée aux calices des fleurs ;
J'ai gravi la colline, errante et désolée :
      Là, je me suis agenouillée
Sur une tombe, et j'ai versé des pleurs.

Et ma mère m'a dit : Qui vient sur la colline ?
Qui vient? qui vient là-haut? C'est moi, pauvre orpheline
      Je reviens près de toi...
Oh ! qui pleure pour moi? que sa voix me réponde !
C'est moi, moi, ton enfant, isolée en ce monde ;
      Oui, ma mère, c'est moi !...

Mère, qui maintenant viendra presser les tresses
De mes longs cheveux noirs? Qui de douces caresses
Et de baisers d'amour inondera mon front?
Qui serrera mes mains de sa main frémissante ?
      Qui me rendra ma mère absente ?
      Qui, comme toi, dira mon nom ?

O ma fille ! reviens, reviens à ta chaumière !
Plus heureuse que moi, tu verras l'étrangère
      De ses mains essuyer tes pleurs.
Un jeune époux viendra t'adresser la parole ,
Et penchant sur ton front le regard qui console ,
      Il adoucira tes douleurs.

A UN ENFANT

La vie, enfant, pour toi n'est pas encore amère ;
La douleur ne vient pas rider ton jeune front :
Tu te souviens encor des chansons que ta mère,
Auprès de ton berceau, chantait, heureuse et fière,
      Comme les bonnes mères font...

Tu resplendis aussi de cette enfance douce,
Si pleine de parfums et de vive clarté ;
Ton âme, ainsi que l'onde, en roulant sur la mousse,
Glisse tout lentement, sans bruit et sans secousse,
      Fraîche de sa virginité !

Enfant, garde longtemps le trésor qu'en ton âme
Le bon Dieu déposa pour enrichir tes jours !
Garde, garde, entretiens sa tendre et vive flamme ;
Et plus tard, mon enfant, si quelqu'un le réclame,
    Montre-le partout et toujours !

Rappelle-toi surtout qu'en ces temps où nous sommes,
Il faut aimer le bien, aimer la probité ;
Rappelle-toi que Dieu ne compte pas les sommes
Que possède le riche... et qu'il compte les hommes
    Qui sont grands par leur charité !

Oh ! que la charité soit toute ta pensée !
La charité, vois-tu, c'est l'onde, c'est le miel,
Le miel pour adoucir une lèvre épuisée ;
Dans la fleur qui s'incline, enfant, c'est la rosée
    Que le bon Dieu verse du ciel !

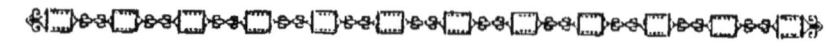

REVENEZ

O mes rêves si doux
Qui berciez mon enfance !
Vous que mon espérance,
Mon cœur et ma souffrance

Réclamaient à genoux
Dès le soir, dès l'aurore —
Oh ! revenez encore,
O mes rêves si doux !

Vous alliez près des eaux
Comme les tourterelles
Aimantes et fidèles,
Tremper vos brunes ailes
Aux courants des ruisseaux.

Vous alliez quelquefois
Murmurer la prière
Qu'en sa douleur amère
Dit une pauvre mère,
Près d'une pauvre croix.

Vous alliez dans les prés
Cueillir la paquerette
Au printemps si coquette,
Ou l'humble violette,
Aux pétales pourprés.

Que belle était pour vous
De l'enfant qui repose
La lèvre fraîche et rose
Où l'ange-gardien pose
Son baiser le plus doux !

Quand l'*Angelus* lointain
Tintait dans la vallée,
A la Vierge étoilée,
Pour l'enfant désolée,
Vous demandiez du pain.

Vous étiez du Seigneur
Les messagers fidèles ;
Comme les hirondelles
En reposant vos ailes,
Vous portiez le bonheur.

O mes rêves si doux,
Rêves de mon enfance !
Vous que mon espérance,
Mon cœur et ma souffrance

Réclamaient à genoux
Dès le soir, dès l'aurore, —
Oh ! revenez encore,
O mes rêves si doux.

REGRETS

N'as-tu donc pas, Seigneur, assez d'anges aux Cieux !

V. HUGO.

Combien de fois le soir, rêveur et solitaire,
Mon front triste et pensif s'incline vers la terre !
Combien de fois aussi, me prenant à pleurer,
Faible, le cœur brisé, j'abandonne mon âme
A l'incessant chagrin dont la brûlante flamme
      Se plaît à dévorer.

10.

Demandez-vous pourquoi je trouve tant de charmes
A penser tristement, à répandre des larmes ?
Voulez-vous le savoir ?... Brisez mon cœur brûlant,
Et vous trouvez là, sous ma poitrine ardente,
Un nom qui ne fut pas le doux nom d'une amante,
   Mais celui d'un enfant...

C'est que je me souviens... qu'autrefois... pauvre femme !
Sa mère l'inondait des baisers de son âme,
Le pressait tout petit sur sa poitrine en feu ;
Et quand l'heure venait où près l'âtre on s'assemble,
Avec Marthe, sa sœur, nous les voyons ensemble
   Chaque soir prier Dieu.

C'est que j'ai dans mon cœur l'amère souvenance
Du jour où se brisait sa trop frêle existence.
Oh ! j'étais près de lui ! mais combien je souffrais !....
Pour calmer mon chagrin, pour bannir mes alarmes,
On disait : il est mieux... il dort... séchez vos larmes ;
   Et moi... je le croyais.

Et plus tard, quand le soir, pendant notre prière,
Mes yeux le réclamaient dans les bras de sa mère,
Je la voyais pleurer, et je pleurais aussi.

4e ligne, lisez : *vous trouverez*

Depuis, ce souvenir nourrit seul mes pensées :
J'ai toujours ce regret, et deux longues années
      Ne l'ont pas adouci.

Bien souvent, dans la nuit, quand ma voix la réclame
Je vois auprès de moi descendre sa jeune âme ;
Je sens sa douce main qui vient sécher mes pleurs ;
Je tressaille d'amour au bruit de sa parole ;
Et quand il me sourit, son sourire console
      Et suspend mes douleurs.

J'oublie alors les pleurs, les regrets, la souffrance,
Pour rêver de bonheur, d'amour et d'espérance :
Pour ma lèvre l'absinthe est un rayon de miel.
Je crois toujours le voir, mon pauvre ange fidèle,
Lui sourire, l'aimer, m'appuyer sur son aile,
      Et m'envoler au ciel.

UN MOMENT DE RÉFLEXION

A LA CHARTREUSE

(Cimetière de Bordeaux)

L'on dit qu'après la mort les hommes sont égaux ;
Que c'est là du destin la loi juste et commune ;
Que le rang, la grandeur, les honneurs, la fortune
Tout est l'égal du pauvre au milieu des tombeaux !
Hélas ! ces tristes lieux m'offrent bien le contraire :
A côté d'une croix, modeste et solitaire,
Ou du simple réduit décoré d'une fleur,
S'élève un monument où brille la splendeur ;

Surchargé de grands noms, de riche architecture,
Et dominant partout ces longs murs de clôture ;
Tandis que dans un coin, jetés à l'aventure *,
De pauvres inconnus n'ont qu'un terrain bourbeux,
Sans monuments, sans croix, sans amis, sans aïeux !
En tous lieux, tel est donc le jeu de la nature ?...
Pour moi qui n'étais là que pour un seul objet,
Et toujours pénétré d'une douleur amère,
Tendre Elmire ! Je vis ta demeure dernière...
J'approchai sanglotant, et t'offris, en secret,
Mon modeste bouquet, mes pleurs et ma prière...

* Les suppliciés.

❀❀❀❀❀❀❀❀❀❀❀❀❀❀❀❀❀❀❀❀❀❀❀❀❀❀❀❀❀❀❀❀❀

PORTRAIT DE L'AVARE

Il entasse, il entasse... et de son coffre-fort,
D'un œil de convoitise il mesure le bord,
Gémit du faible point qu'y marque une pistole,
Et voudrait y fixer la chute du Pactole,
      Au brillant reflet d'or...

Bien rarement il goûte un mets fin, succulent,
Jamais il ne flaira l'odeur d'un ortolan...
Sur sa table est placé le pain de la misère;
Quand il veut, par hasard, faire une bonne chère,
      Il achète un hareng...

Quant à son vestiaire, en voici le ramas :
« Deux chemises au plus, un habit au poil ras,
» Des souliers recousus, une vieille culotte,
» Un chapeau sans bordure, une sale capote,
      Quatre tronçons de bas... »

C'est lui que l'on voyait à l'office divin,
Demander au Seigneur un pain quotidien,
Et tout émerveillé de l'effet d'un saint prône,
Qu'un disciple du Christ prononçait sur l'aumône,
      Courait tendre la main...

Parfois il est heureux autant que l'est un roi,
Quand il songe au trésor qu'il possède chez soi,
Et qu'il dit, mais à lui, car tout bas il s'exhale :
« Si je voulais, les biens que la Fortune étale
      » Demain seraient à moi... »

Et cachant sa richesse aux propos médisans,
Il est aveugle et sourd auprès des indigens
Et paraît, aux regards de la foule qui passe,
Comme un infortuné que l'humanité classe
      Au rang des indigens...

Sans cesse poursuivi par son jaune lutin ,
On le trouve rêveur... et du soir au matin ,
A côté des doublons que son coffre recèle ,
Et jusque dans la fosse où le néant l'appelle
        Craint de mourir de faim...

Il entasse... il entasse... et de son coffre-fort ,
D'un œil de convoitise il mesure le bord ,
Gémit du faible point qu'y marque une pistole ,
Et voudrait y fixer la chute du Pactole ,
        Au brillant reflet d'or...

A UNE JEUNE DAME ENCEINTE

De ce mal qu'autrefois
Erigone trompée
Reçut du dieu Bacchus, Hortense, je le vois,
Vous vous trouvez frappée.
Vos yeux sont langoureux,
Et votre teint de rose,
Se ressentant de la métamorphose,
Est un peu terne ; on vous trouve en tous lieux
Plaintive, languissante !

Ah ! que ce mal vous rend intéressante !
Chacun vous plaint, Hortense, et je vous en instruis;
Mais croyez-vous à tant d'hypocrisie ?
L'on ajoute tout bas , avec un prompt souris ,
Accompagné d'un grain de jalousie :
« Que ne suis-je l'auteur de cette maladie !! »

ÉPITAPHE

D'UNE FEMME TRÈS-MÉCHANTE ET MÉDISANTE

Ci-gît une femme bavarde
Qui son prochain toujours calomniait ;
Aussi c'était une fine gaillarde
Qui bien autre chose ferait.
Pour son âme, passant, ne fais point ta prière ;
L'on dit qu'à son heure dernière
Elle cracha... Quoi donc ? une vipère...

ÉPITAPHE

D'UNE FEMME CRIARDE ET COLÈRE.

Ci-git qui sans cesse criait
Et qui sans cesse extravagait.
Or, le bon Dieu, quand lui vint cette femme,
Dit aussitôt à l'archange Michel :
    « Ah ! pour la paix du ciel,
    » Emprisonnez vite cette âme... »

ANECDOTE

A l'Opéra l'on remarquait
Que rarement il arrivait
Aux actrices chantantes,
De faire, avec leur beau talent,
Fortune aussi rapidement,
Qu'aux actrices dansantes.
Cela fut soumis à l'instant
Au savant Dalembert, qui se trouvait présent :

« La chose, au lieu d'être étonnante,
» Devient, dit-il, très-conséquente,
» Car c'est le calcul évident
» Des lois du mouvement. »

A Mlle ★★★

Qui voulait connaître mon secret.

Je pourrais bien vous dire mon secret,
 Je ne risquerais rien, je pense,
 Car, avec votre intelligence,
 Souvent que sert d'être discret ?

Quoi qu'il en soit, je garde mon secret :
 A cette loi de la prudence,
 Je sais me conformer d'avance ;
 Il faut toujours être discret...

A   votre sexe n doit dire un secret,
    Oui, mais un seul plein d'éloquence !..
    Après cela, plus d'influence ;
    C'est un crime d'être indiscret...

Mais quelquefois il faut fuir un secret ;
    Quelle que soit son importance,
    Il se peut qu'une confidence
    Nous punisse d'être indiscret...

Et vous, pour qui l'esprit a des attraits,
    Qui le semez en abondance,
    Malgré votre vive éloquence,
    Racontez-vous tous vos secrets?

1er vers, lisez : *on doit.*

A DÉLIE

QUI M'AVAIT FAIT LE REPROCHE DE NE PLUS L'AIMER

Quoi ! je n'ai plus d'amour ! ce mot tu me l'as dit.
Sans crainte il est sorti de ta bouche si tendre !
Délie, y pensais-tu ? puis-je bien te comprendre ?
Ce mot glace mon âme et trouble mon esprit !

C'est toi qui me l'as dit, quand mon cœur plein d'essor
Ne soupire et ne bat que pour toi seule au monde ;
Quand, chez toi, la beauté, les grâces, tout abonde :
Ce mot, tu me l'as dit... je redoute mon sort !

Quoi! je n'ai plus d'amour et ne fais plus de vœux,
Quand toujours, loin de toi, je sens un vide extrême;
Quand toujours je frémis que quelqu'autre ne t'aime,
Et m'enlève un trésor pour moi si précieux!

Quoi! je n'ai plus d'amour, quand il parle si fort;
Quand de tout mon bonheur, toi seule est le messie;
Lorsque je t'ai donné tout mon être et ma vie!
Ah! si tu peux douter, c'est mon arrêt de mort!!

ÉPITRE A MON OREILLER

Pour toi, mon compagnon fidèle,
Cher oreiller, je vais chanter ;
Assez souvent je te harcèle,
Je veux, aujourd'hui, te fêter.
Le mal me poursuit, et le traître
De plus en plus me devient lourd !
Bientôt il me faudra, peut-être,
Rester avec toi nuit et jour...

Souvent, accablé de faiblesse,
Je tombe et retombe sur toi,
Cherchant, dans ta molle souplesse,
Un repos qui fuit loin de moi.
Et lorsque la dure insomnie
Me laisse, hélas! plaindre et gémir
A toi que je m'adresse et m'écrie :
« Bon oreiller, fais-moi dormir !... »

Mais, d'un sommeil si peu docile,
Les songes ne sont pas heureux...
Je les vois passer à la file,
Sous des traits sombres et fâcheux :
Alors, dans un vague délire,
Haletant et rempli d'effroi,
Je soupire et tu m'entends dire :
« Bon oreiller, réveille-moi... »

Toi, confident de mes alarmes,
De ma muse et de mes projets,
Et même parfois de mes larmes,
Ami, ne me trahis jamais !
Des soucis d'une âme sensible,
Dans le monde on fait peu de cas,
L'on en rirait... C'est trop pénible !
Bon oreiller, n'en parle pas...

LE CACHET

DE LA RÉPROBATION

Cette femme, l'avez-vous vue,
Couverte de haillons, cheminant dans la rue,
Tremblante à chaque pas qu'il lui faut hasarder,
Choisissant à l'écart une prompte avenue
     Et n'osant regarder ?...

Du malheur poignante victime,
Oh ! comme il apparaît dans ce regard mourant,
Et sur ces traits rongés, pâture du néant !
A grands coups, le cruel a promené sa lime
     Sur ce corps défaillant...

Hélas ! Quel peut être son crime ?
Une femme est un être et doux et caressant,
A l'âme généreuse, au cœur compatissant,
Autour des malheureux, héroïque et sublime :
    Quel tableau décevant !...

Vous la connaissez cette femme :
La fortune autrefois la combla de faveurs,
Du luxe elle étalait les brillantes couleurs,
Elle avait une cour, elle était grande dame :
    Les destins sont trompeurs !...

Elle régnait... mais la couronne
Était ensanglantée et refletait le deuil ;
La main qui la posa, la prit sur un cercueil,
Et sur la guillotine était posé son trône,
    Un long suaire au seuil !

A UN ENVIEUX

Insensible au talent dont l'éclat vous irrite ,
Trop d'orgueil vous expose à rester sans appui ;
    Pour qu'on songe à votre mérite ,
Sachez louer parfois le mérite d'autrui.

ÉPITAPHE D'UN ÉGOISTE

A retarder l'heure suprême
Il employa tous ses instants,
Et, ne vivant que pour lui-même,
Il n'en vécut pas plus longtemps.

11.

A UNE DAME

QUI M'ACCUSAIT DE LA VIEILLIR

Vous m'accusez à tort de vieillir mes amis.
Jamais rien à mes yeux n'altère leur image :
En vain à ses rigueurs le temps les a soumis,
Mes amis pour mon cœur ont toujours le même âge.

ELISA

A son frère, M. Ariste M.

> La terre, dont l'encens n'était pas digne d'elle,
> A dans son sein jaloux reçu ce doux trésor,
> Et, sous son toit désert, sa mère pleure encor
>
> Mᵐᵉ Félicie d'Ayzac.

Elle est morte la jeune fille,
    Morte à vingt ans !
L'on n'entend plus dans sa famille
Rire et chanter depuis longtemps
Elle est morte la jeune fille,
    Morte à vingt ans !

Cette voix, ce regard, qui donnaient de la vie
A tout ce qu'elle aimait, rien d'elle n'est resté :
Mais le rapide oubli dont la mort est suivie
Sur sa tombe de fleurs ne s'est pas arrêté.

On dirait une terre amie
  Où doucement
Elle fut portée endormie.
Là, comme un riant vêtement,
Les fleurs cachent de mon amie
  Le monument.

Que de fois j'ai marché, pour arriver près d'elle,
Dans les sillons de mort que forme le gazon,
A mesure qu'il couvre une tombe nouvelle
Dont la bêche a marqué la molle inclinaison !

Là, poussière contre poussière,
  Je foule aux pieds
D'un peuple ami la masse entière ;
Et pour tant d'êtres oubliés
Je ne lis sur aucune pierre
  Le mot : Priez.

De distance en distance , une humble croix s'élève :
Souvent elle est brisée , et de loin je la vois ,
Frêle et triste jouet du vent qui la soulève ,
Protéger une tombe une dernière fois.

Sur celle de la jeune fille
    Je pleure alors.
Qu'importe une pierre , une grille
Au temps?... il couvre sans efforts ,
De leurs débris qu'il éparpille ,
    Les autres morts.

Et nul de nous alors ne sera là pour dire :
Celle qui fut ici fut un ange exilé
Sur la terre un moment... Et Dieu , par un sourire ,
Un jour de fête aux cieux vers lui l'a rappelé.

Elle est morte la jeune fille ,
    Morte à vingt ans !
L'on n'entend plus dans sa famille
Rire et chanter depuis longtemps !
Elle est morte la jeune fille ,
    Morte à vingt ans !

On m'a dit que , penchés sur son beau front d'ivoire ,
Ses parents égarés en tremblant se disaient :
« Silence... Elle s'endort... » Et, cherchant à le croire
S'interrogeaient des yeux , pleuraient et se taisaient.

Ah : c'est qu'avec inquiétude
        Parfois le cœur ,
Jouet de son incertitude ,
Doute longtemps de son malheur
Avant qu'il ait pris l'habitude
        De sa douleur !

Et c'est pourquoi souvent , dans la première année
Qui sans elle passa , la mère , quand , le soir
On venait à sonner , par l'espoir entraînée ,
Se levait , tressaillait , et croyait la revoir.

Ah ! qui lui rendra son sourire ,
        Sa douce voix ,
Ses baisers , son joyeux délire ,
Quand une fève quelquefois
Mettait dans ses mains un empire
        Le jour des Rois ?

Le salon est désert, mais on l'y cherche encore,
Et de son piano, qui ne doit plus s'ouvrir,
Parfois en gémissant une corde sonore
Se brise à l'heure où tous ont dû la voir mourir.

Tous! Que dis-je?.. J'étais loin d'elle ;
    Et son regard,
Cet adieu d'une âme immortelle,
Qui seul, au moment du départ,
Consolant les vivants, révèle
    Un monde à part!..

Moi je ne l'ai pas vu!.. moi qui, dès mon enfance,
Tour à tour partageant sa joie ou ses douleurs,
Me surprenais toujours, la devinant d'avance,
A rire de son rire, à pleurer de ses pleurs!

Je reviens, et ce n'est pas elle
    Qui court vers moi !
Et je la cherche, et je l'appelle
Comme si j'ignorais pourquoi.
D'autres amis sont là, sans elle,
    Autour de moi.

Lombarderie, Eden de nos jeunes années,
Beaux arbres qu'elle aimait, ne la cachez-vous pas ?
Gazons couverts de fleurs, avant le soir fanées,
M'avez-vous conservé l'empreinte de ses pas ?

Puissance étonnante et réelle
Du souvenir !
Chaque buisson me la rappelle...
Et, lorsque le jour va finir,
Je crois encore, en rêvant d'elle,
La voir venir !

Lieux si chers dont l'aspect me fait mal et m'oppresse
Oh ! d'où vient qu'autrefois, dans l'air que j'aspirais,
Tout était volupté, tout jusqu'à la vitesse
Avec laquelle alors si longtemps je courais ?...

Dieu ! qu'elle était belle et riante,
Quand, dans les bois,
On la voyait, impatiente,
Joindre gaîment, rouge et sans voix,
Une compagne suppliante
Mise aux abois !

Ou bien que, s'élevant, dans un élan rapide ;
Sur une balançoire attachée aux ormeaux,
Elle fuyait la terre, et d'une main timide
Essayait d'arracher une feuille aux rameaux !

Que de fois, follement pressées,
N'avons-nous pas,
Déchirant aux ronces froissées,
Nos blanches robes et nos bras,
Poursuivi les chèvres lassées
Fuyant nos pas !

Que de fois franchissant, tremblantes, hors d'haleine
Prés, ravins et fossés, pour nous y mieux cacher,
N'avons-nous pas, ensemble et respirant à peine,
Attendu bien longtemps qu'on vint nous y chercher !

Alors un bruit sous le feuillage,
Un vol d'oiseaux,
Le vent balançant sur la plage
Les roseaux contre les roseaux,
Le cri de la poule sauvage
Rasant les eaux...

Tout agitait nos cœurs et nous rendait muettes...
Mais, lorsque près de nous, comme un léger essaim
Nes amis accouraient.:. cessant d'être inquiètes,
De longs ris étouffés soulevaient notre sein !

Sans les voir, aux touffes d'orties
    Nous nous piquions,
Et, par de vieux rocs garanties,
  En nous poussant nous nous disions :
« Chut! on approche ». Et puis blotties,
    Nous écoutions !

Puis bientôt une voix, de plaisir frémissante,
Arrivant jusqu'à nous, criait : « Elles sont là. »
Oh! Quel bruit, quelle joie au loin retentissante,
Alors qu'on répétait : « Les voilà ! les voilà ! »

En nous voyant, de la vallée
    Suivant les cours,
Prendre à la fois notre volée,
On eût dit avec les beaux jours,
Voir une blanche troupe ailée
    Fuyant toujours !

Oh ! Comme alors la vie était douce et légère !
Comme la mort semblait facile à repousser !
Nous la voyions ainsi qu'une froide étrangère
Qui ne pourrait jamais parmi nous se placer.

Mais elle , elle surtout sans cesse ,
    D'un réseau d'or
Couvrant son heureuse jeunesse ,
Croyait la vie un long trésor ,
Et rêvait des jours de tendresse
    Plus doux encor.

Alors elle arrivait à cet âge où la femme
Mêle aux jeux de l'enfance un rêve d'avenir ;
Où l'amour qu'elle ignore apparaît à son âme
Comme un reflet du ciel qui doit au ciel finir.

Et, de toute peine oublieuse,
    Elle jouait
Avec des fleurs ; et , plus rieuse
Qu'un enfant , elle secouait
Sur sa tête la scabieuse
    Qu'elle y nouait.

Elle aimait tant la vie ! Et pourtant elle est morte ,
Morte à vingt ans !.. Les jeux , les fêtes , le bonheur ,
Tout est mort avec elle : ainsi le vent emporte ,
Lorsqu'il ravage un champ, l'espoir du moissonneur.

L'oiseau s'enfuit , la fleur s'efface ;
Tout ce qui fut
Amour et joie , avec eux passe.
Du champ brillant qui disparut
L'aride gazon prend la place ,
Et croît sans but !

O vous , pour qui ces vers arrosés de mes larmes ,
Seront plus que des mots , vous qui savez pourquoi
Dans les longues douleurs l'âme trouve des charmes
Jusque dans ses regrets... Oh ! pleurez avec moi !

Elle est morte la jeune fille ,
Morte à vingt ans !
L'on n'entend plus dans sa famille
Rire et chanter depuis longtemps.
Elle est morte la jeune fille ,
Morte à vingt ans !

JALOUSIE

Vous dont l'austérité condamne la tendresse,
Vous dont le froid printemps s'est perdu sans ivresse...
Pardonnez-moi mes vers s'ils passent devant vous.

Mme DESBORDES-VALMORE.

Ne pleure pas, ami... regarde ce nuage
Qui grandit dans le ciel comme un noir monument :
Demain, ce soir peut-être, après un court orage,
Le ciel sera d'azur, et le flot du rivage,
Fatigué de bondir, dormira mollement.

Quelle douleur, ami, ne passe ou ne s'émousse
Lorsqu'on peut appuyer son front, las de souffrir,
Sur le sein d'une femme, et qu'une main repousse
Loin, bien loin, la douleur, tandis qu'une voix douce
Murmure avec amour des mots qui font guérir !...

Tu m'as dit d'oublier les baisers de ma mère,
Mon pays et mes sœurs, pour ton pays, pour toi :
Tu partais... je n'ai vu que ta douleur amère,
J'ai fui mes sœurs, j'ai fui les baisers de ma mère.
Sois mon pays, mes sœurs, ma mère, tout pour moi !

Tu ne me réponds pas, et ta main dans la mienne
Reste sans mouvement ! et ton œil, au hasard,
Se fixe à l'horizon... Ma vie était la tienne !
Tu le disais du moins ! Que ton cœur s'en souvienne,
Si ta raison l'oublie ! Un sourire ! un regard !...

Oh ! si ta voix, tes yeux, ton âme tout entière
Me redisaient encor : Cher ange, crois en moi
Comme tu crois en Dieu quand tu fais ta prière...
Oh ! comme à tes genoux, tour à tour humble et fière,
Tu me verrais encor te bénir d'être à toi !

Et j'aimerais la vie, et, quand viendrait l'orage,
Couvrant de mes baisers tes yeux voilés d'amour,
Je saurais te cacher l'approche du nuage
Et me mettre toujours entre son court passage
Et toi... pour t'épargner l'ennui d'un mauvais jour !

Tu ne me réponds pas, et ta main dans la mienne
Reste sans mouvement ; et ton œil au hasard,
Se fixe à l'horizon... Ma vie était la tienne :
Tu le disais du moins.. Que ton cœur s'en souvienne,
Si ta raison l'oublie... Un sourire. . un regard !...

Sais-tu bien ce que c'est qu'une douleur aiguë
Qui s'endort avec nous, qui s'éveille avec nous...
Qui brûle notre sang, que rien ne diminue...
Dont chaque jour accroît la force et l'étendue...
Qui fait bondir le cœur, ou suspendre le pouls ?...

Dis, le sais-tu ?... Mais non, tu n'as pu la connaître,
Puisque tu n'as pas su comment m'en préserver...
Ah ! C'est d'une âme aimée, et qui cesse de l'être,
Les tourments qu'aux enfers le ciel ait dû peut-être,
Pour unique torture, aux damnés réserver...

C'est de mon âme enfin, à la tienne arrachée,
Le supplice enduré pendant chaque moment ;
C'est la mort !... la mort seule à la vie attachée,
Sans que jamais sa source, aride et desséchée,
Puisse arrêter du cœur le moindre battement...

Je suis jalouse, ami.. jalouse avec démence !
Mon cœur, pour deviner l'approche d'un malheur,
Semble voler vers lui, bien avant qu'il commence !
Autant je mis en toi, ma foi crédule, immense,
Autant je ne vois plus qu'abandon et douleur !

Tu ne me réponds pas, et ta main dans la mienne
Reste sans mouvement... et ton œil au hasard,
Se fixe à l'horizon... Ma vie était la tienne :
Tu le disais du moins.. Que ton cœur s'en souvienne,
Si ta raison oublie... Un sourire... un regard !...

Ingrat, ne brise pas l'idole que ton âme
Eleva !... Ce qu'alors ton cœur pouvait souffrir
Me vengerait trop bien ! Est-il une autre femme
Que tu puisses aimer de cette ivresse d'âme
Que seul donne un amour qui fait vivre et mourir ?

Que mon âme à ton âme enseigne la constance,
Comme un trésor que Dieu ne créa que pour nous,
Quand son souffle nous fit une double existence !
Ah ! le bonheur, ami, n'est pas dans l'inconstance ;
Et lorsqu'on souffre à deux, souffrir est presque doux !

Te souviens-tu du soir où, confuse et tremblante,
Détachant de mon sein un bouquet mi-fané,
J'osai l'abandonner à ta bouche brûlante ?
Tu ne l'eus pas plus tôt, qu'émue et chancelante
Je te quittai, pleurant de te l'avoir donné.

Le sommeil, cette nuit, de mon âme agitée,
Ne vint pas endormir la honte et le regret...
Pour la première fois, mécontente, attristée,
J'attendis tout un jour l'heure, tant souhaitée,
Qui chaque soir alors vers moi te ramenait.

Tu vins, et dans tes yeux je vis tant d'espérance,
Que mon cœur t'en voulut d'épouser un bonheur
Qui venait de coûter au mien tant de souffrance !
Et, dans mon désespoir, feignant l'indifférence,
De mon pauvre bouquet je maudis chaque fleur !

Ah ! je ne t'aimais pas alors comme je t'aime ,
Puisque je t'oubliais pour ne penser qu'à moi ,
J'ignorais cet amour délirant et suprême
Qui fait qu'en te donnant mon âme et tout moi-même,
Je crois encor n'avoir pas assez fait pour toi !

Toi, me fuir ! toi, ma vie !.. Oh ! viens que je t'enivre
De baisers et de pleurs ! Laisse-moi ranimer
Un amour qu'une erreur ne viendra plus poursuivre,
Et que le monde dise : « Ils ont cessé de vivre ; »
Mais ne dise jamais : « Ils ont cessé d'aimer ! »

RÉMINISCENCE

A Mlle Marguerite.

Aimable fleur des champs , quand ta bouche ingénue,
Pour me récompenser d'un écrit me toucha ,
Que ton bras arrondi serrant ma gorge nue
      Sur ton sein me pencha ;

Ne pressentais-tu pas que quelque doux mystère
A nos deux cœurs émus allait se révéler ,
Et qu'un amour plus grand que ceux de notre terre
      Naîtrait de ce baiser ?

Non, tu ne savais rien ! mais comme l'églantine,
Qui cherche pour appui le chêne au tronc puissant,
Tu cherchais un sentier, et ton âme enfantine
      Trouva mon cœur ardent.

RIEN QU'ELLE

Vous pouvez sur mon front rouler vos flots de feux,
 Astres des cieux immenses !
Je préfère, ô soleils, un regard de ses yeux
 A vos magnificences !

Vous pouvez à mes pieds étaler le trésor
 De vos beautés, ô mondes !
Je préfère à son front cette auréole d'or
 De longues tresses blondes !

Oui, la terre et les cieux sont remplis de splendeur,
De gloires, de richesses ;
Mais je préfère à tous les trésors de son cœur
L'amour et la tendresse !

La nature et les fleurs, et l'art et ses trésors
Sans elle sont en vain !
Si cet astre adoré n'éclairait plus ces bords,
Je m'en irais demain !

Que sont-ils, ô mon Dieu ! tous ces objets divers,
Auprès de ce qu'on aime ?
Passez, splendeurs du monde et des cieux, univers,
Cendres, néant suprême !

Taisez-vous, bruits du monde, ô spectacles, concerts,
Bals fragants de lumière,
Que sont vos vaines voix et vos gerbes d'éclairs !...
Pour moi : Vide et poussière !

Vous avez beau flatter mes sens de doux accords,
D'éclat et de musique ;
Elle seule transporte et mon âme et mon corps
Par son pouvoir magique.

Et toi, luth du poète, entre mes doigts vibrant,
 Que serais-tu sans elle !
Le noir cri que tira hors de mon cœur souffrant
 La douleur immortelle !

Ah ! des plaisirs que l'homme ici-bas peut goûter,
 Un seul vaut qu'on l'envie :
C'est l'amour !... Et celui qui ne sait pas aimer
 Ne goûte pas la vie !

RECONNAISSANCE

Sois à jamais bénie, ô toi, dont l'âme ardente
A versé dans mon cœur ce délire d'amour,
O mon amante aimée ! oh ! sois toujours charmante,
Astre que Dieu créa pour m'éblouir de jour !

Que mon âme sans fin à t'adorer s'exerce,
Elle te doit la paix, l'extase, le bonheur.
Que ma lyre toujours de ses accords te berce;
Elle te doit les chants qui font vibrer le cœur.

Avant de te connaître, il n'était dans ma vie
Aucune hymne de joie, aucun rayon d'espoir.
La gloire seule encore excitait mon envie,
Et je n'aimais, hélas ! qu'en mes rêves, le soir.

Soudain tu m'apparus, me découvrant ton âme,
Et mon être bondit d'un long tressaillement ;
Et je sentis en moi se répandre une flamme
Qui me noya le cœur de flots d'enivrement.

C'était le feu divin de ton amour sans bornes
Qui pénétrait ainsi dans mon sein transformé,
Changeant sous ses rayons mes horizons si mornes
En ciel éblouissant par cent fleurs embaumé.

Oh ! je t'avais déjà quelque part entrevue,
Aimable amie, alors que j'allais au hasard.
Oui, parfois, aux détours de l'existence nue,
J'avais vu luire au loin l'éclair de ton regard.

Mais un voile couvrait mon œil distrait et sombre,
Il ne te savait pas une étoile des cieux !...
O toi dont l'éclair pur a déchiré cette ombre,
Sois béni mille fois, doux rayon de ses yeux !

Du jour où ta lumière en mon âme est tombée,
Une nouvelle vie a commencé pour moi :
Une vie aux jours d'or, une vie enchantée
Où tout reçoit son charme et sa beauté de toi.

Les sombres désespoirs qui torturaient mon être,
La douleur, à ta vue ont fui de mon chevet ;
Et nul, depuis ce temps, ne peut reconnaître,
Tant mon front s'est empreint du jour qu'il recevait.

Je m'éveille et m'endors l'âme pleine d'ivresse ;
Je ne sens plus le sol sous mes pieds en marchant !
La terre est tout amour, l'air est toute caresse,
Et la vie et mon être entier ne sont qu'un chant !

Sois à jamais bénie ! Et que ce doux délire
Renaisse dans nos cœurs jusqu'à l'éternité !
Qu'en retour de tes dons mon amoureuse lyre
T'élève sur mon hymne à l'immortalité !

DANS L'ÉGLISE

A Mlle Eugènie B.

Oui ! je veux, ô mon Dieu, Eugénie pour épouse !
Je veux, je veux l'aimer, la compagne si douce
    Que j'obtiens en ce jour !
Et je veux protéger cet être faible et tendre !
A jamais et sans fin je veux sur elle étendre
    Ma force et mon amour !

Lisez : *A Mlle Alida D.*
1er vers, lisez : *Alida.*

Je veux être l'abri de ma compagne aimée !
Sa vie et son soutien, et la route embaumée
      Où marcheront ses pas !
Que la terre et les cieux unissent nos deux vies !
Et qu'ensemble, à la mort, nos deux âmes ravies
      S'envolent d'ici-bas !

SÉDAN

Ainsi la nation martyre
A dû se courber et souffrir
Sous l'empereur et sous l'empire
Vingt ans passés — sans en mourir ;
Et quelques batailles perdues,
Des murailles mal défendues,
Sédan qu'un lâche vient livrer,
Pourraient briser notre courage,
Nous faire donner en otage
Metz que nous allons délivrer !

Qui donc te forçait à la guerre,
Sombre héros, bandit vulgaire,
Qui, pour effacer tes excès,
N'avais, dans ton ignominie,
Ni l'excuse de ton génie,
Ni le mérite du succès ?

Quelle crainte ou quelle espérance,
Quel désir, quelle indifférence,
T'a fait provoquer l'étranger,
O ridicule diplomate,
O général de carton-pâte,
Heureux vainqueur de Bellanger ?

Etait-ce les lauriers sublimes,
Dont ton oncle voilait ses crimes,
Qui t'empêchaient de sommeiller ?
Ou bien les palmes du Mexique
D'où te chassait la République
Que tu venais de réveiller ?

Te fallait-il une épopée
Pour donner à ta lâche épée
La revanche de Sadowa ?

Ou bien avais-tu peur du glaive
Que Damoclès vit dans ce rêve
Qui par sa chute s'acheva ?

D'ailleurs, quel droit te faisait maître
Toi seul assassin, toi seul traître,
De tuer cent mille Français ?
Qui te permettait de nous vendre,
Et de signer, sans te défendre,
Notre déshonneur et ta paix ?

Comme elle avait grandi, sa tyrannie est morte ;
Le sang la fit monter d'où le sang la remporte :
Il est tombé : Silence à ce qui reste encor
De ce présent si bas, de ce passé si fort.
Silence : car il faut que l'humaine justice
Sans haine et sans colère attende et refléchisse.
Silence au souvenir : car des milliers de morts
Manquent à nos regrets, présents à ses remords.
Silence : car il faut oublier à cette heure
Le nom de ce maudit par qui la France pleure.
Silence enfin ! Pour nous, le mépris infâmant
Est l'unique justice et le seul châtiment.

AUX PRUSSIENS

Ah ! vous vouliez briser le faisceau tricolore
  Des provinces du sol français,
Ecraser nos soldats que votre peuple abhorre ,
  Sous vos Germains aux rangs épais !
Vous vouliez abaisser cette gloire éternelle
  Qui manque à vos lâches drapeaux,
Dépeupler nos pays et ravir l'étincelle,

Le feu sacré de nos héros !
Vous saviez notre nombre et notre manque d'armes,
Nos incapables généraux,
Nos officiers de cour ventrus comme des carmes,
Unités valant des zéros ;
Et vous n'avez pas craint, ô bandits que vous êtes,
Ivrognes, pillards, assassins,
D'aventurer ainsi près de nos baïonnettes
Sur notre sol vos noirs essaims !
Vous avez entrepris la campagne de France,
Vous voulez venir à Paris,
Briser nos monuments, railler notre souffrance,
Saccager nos tableaux de prix,
Et, vous vautrant chez nous comme en terre conquise,
Buvant nos vieux vins de bon cru,
Maraudeurs de trésors, conquérants de surprise,.
Faire l'amour, le sabre nu !

Et vous êtes venus, tout droit, de confiance,
Vous Prussiens, Cosaques du Rhin,
Vous, tout seuls contre nous, sans aucune alliance,
Sans demander votre chemin !
Sans doute, avec l'orgueil commun à votre race,
Vous pensiez qu'à peine apparus
Vous pourriez écraser la France déjà lasse
De ses premiers combats perdus,
Et que le coq gaulois, brisé par la défaite,

Surpris, cerné par vos soldats,
Succombant sous le nombre, inclinerait la tête,
Céderait et ne mourrait pas !
Oui, c'est la guerre à mort, une guerre de race,
Où France ou Prusse doit périr,
Guerre froide, implacable, où, sans demander grâce,
Il faut triompher ou mourir.
C'est vous qui la voulez, ô Bismark, ô Guillaume,
Qui l'appeliez depuis dix ans :
Nous la ferons sans peur, et notre dernier homme
Défendra nos derniers enfants !
Du sol sacré fumant, la nation entière
Que vous prétendez outrager,
Femmes, enfants, vieillards, le front haut, l'âme fière,
Se lèvera pour se venger !
Non, vous n'y viendrez pas dans cette ville sainte,
Cité du génie et des arts,
Paris, cœur de la France, et dont la triple enceinte
A des cœurs libres pour remparts ;
Non, vous n'y viendrez pas ; et si notre infortune
Nous réservait ce nouveau deuil,
Rappelez-vous ceci : c'est la fosse commune
Qui vous servirait de cercueil.
Vous n'en reviendrez pas, et notre noble terre,
Nos chères provinces seront,
Dans la nuit du tombeau, l'oreiller solitaire
Où vos cadavres dormiront.

LA PAIX DE BORDEAUX

C'est bien ; Paris se rend et la France est vaincue ;
La Prusse a triomphé, toute la honte est bue,
Et le traité de paix, consenti par Trochu,
Approuvé par Bazaine et le tyran déchu,
Imposé par Bismark est accepté d'emblée
Par le président Thiers au nom de l'Assemblée !
Je ne veux pas chercher si l'on était repu ;
Si l'on a voulu vaincre autant qu'on aurait pu ;
Si le gouvernement élu pour la défense

Comme il devait le faire a repoussé l'offense ;
Si le fou Gambetta sut porter sur son dos,
Comme un géant de fer, la guerre et ses fardeaux,
Si Paris fut trahi ; si la France livrée
Pouvait, à certain jour, se trouver délivrée.
— Cela c'est le passé, mais le présent est là,
Qu'il vienne de César, qu'il vienne de Sylla,
Et j'ai la liberté, j'ai le droit de maudire
Ceux qui nous font payer les dettes de l'empire.

L'ATHÉE & LE PRÊTRE

Coiffé de ton bonnet carré,
En confessant les belles filles,
Que tu dois rire, ô bon curé,
D'ouïr toutes leurs peccadilles.

Si jamais je me confessais,
Pour aller déjeuner plus vite,
Comme, tôt, tu me donnerais
L' *Absolvo te* que je mérite !

Du noir Satan , à mon insu ,
Tu me sauvas par le baptême ?
Crois-tu bien , si je l'avais su ,
Que l'on m'eût fait chrétien quand même ?

Ne croyant, passé le trépas ,
A rien — bien moins au purgatoire —
Quêtes-tu ? Je ne donne pas :
Je garde mon argent pour boire.

Que tu dois rire en ta maison
De l'enfer dont on nous menace !
Si tu pouvais avoir raison ,
Plus tard tu ferais la grimace.

Le diable , dont tu cherches tant
A faire peur — légende bleue —
Tu ne l'as jamais vu, pourtant ?
Moi , je l'ai tiré par la queue.

Je crois aux vœux de pauvreté :
J'ai visité ta sacristie.
Tout , comme au vœu de chasteté
Je veux croire à l'Eucharistie.

J'aime, écoutant tes longs sermons,
T'entendre nous prôner les jeûnes :
Après les perdreaux, les saumons,
D'autant meilleurs qu'ils sont plus jeunes.

Ta mine me rassure fort
J'observerai jeûne et vigile ;
Et de jeûner l'on n'a pas tort,
Engraissant de par l'Evangile.

Tu parles tout le long du jour
Du paradis et de ses anges ?..
Et tu n'as pas connu l'amour !
Quelles prétentions étranges !..

Quand je mourrai — quel dur moment !
Tu chanteras pour moi l'office.
Comme on te paiera grassement
C'est moi qui te rendrai service.

FILLES N'ALLEZ JAMAIS AU CLOITRE

Pour retrouver le calme, à tout disant adieu,
Pour éteindre à jamais une mortelle flamme,
Ici je suis venu. Mais, las! je perds mon âme!
Je ne suis plus au monde et ne suis pas à Dieu.

J'espérais, oubliant jusqu'à son nom maudit,
Que ma prière, au ciel, vers vous monterait pure;
Son nom est en mon cœur comme une meurtrissure
Et ma lèvre en priant toujours vous le redit.

J'espérais, attendant que vint mon dernier jour,
Perdre ce souvenir auquel mon cœur se serre;
J'espérais, détachant mes regards de la terre,
Vivre pour le Seigneur... et je me meurs d'amour.

LES FEMMES SANS NOM

I

Le sais-tu seulement ce qu'elle est devenue
Celle qui vint s'offrir à tes premiers baisers,
Celle qui vit rougir en ton âme ingénue
L'aube de ces désirs aujourd'hui méprisés?
                    Inconnue,
Elle est allée où vont tous ces amours brisés.
Un hasard les amène, un hasard les emporte,
Et le caprice en fait et défait le lien;

Ce qu'elle est devenue, hélas ! tu n'en sais rien ;
Peut-être qu'elle vit, peut-être pu'elle est morte,
   Que t'importe
Et pourtant, souviens-toi, cet enfant t'aimait bien.

O faciles amours de nos jeunes années,
Grandissantes sitôt, si vite abandonnées,
Et qui, dans les chansons, les parfums, les couleurs,
Ont vécu d'un sourire et n'ont pas eu de pleurs,
   Et sont nées
Et mortes en un jour ainsi que font les fleurs !

Ah ! baisers à l'évent ! cœur qui flambe ! œil qui brille !
Grelot dans un lilas ! beau rire de métal !
Trésors des premiers ans, comme l'on vous gaspille !
Mais, si le rêve est doux, le réveil est brutal...
   Pauvre fille,
Qui songe à toi peut-être en son lit d'hôpital !

Celle que tu nommais jadis ta bien-aimée,
Car, ne fut-ce qu'un jour ; tu l'as ainsi nommée,
N'a peut-être pas même une si douce fin.
Y songes-tu parfois qu'elle peut avoir faim ?
   Affamée !
Elle qui t'a donné le pain de l'âme enfin !

Est-ce qu'en y pensant rien ne brûle ta joue ?
Et peut-être est-ce encor pire que tout cela !
(Qui sait à quel poteau la misère les cloue ?)
Peut-être est-elle où sont les autres que voilà :
            Dans la boue...
Un lambeau de ta vie est pourtant resté là !

Lâcheté de la vie ! oubli ! dédain suprême :
Ainsi donc c'est ainsi qu'elles doivent finir,
Celles que l'on désire et l'on flatte et l'on aime ?
Dans la nuit sans écho du plus sombre avenir ,
            Et sans même
Cette aumône du cœur qu'on nomme souvenir !

II

Un soir, un soir d'hiver, je marchais par la ville,
A l'heure où, délivré de son travail servile,
Chacun cherche au hasard ou demande au désir
De quel nouveau travail il fera son plaisir ;
Où le vice pavoise, où la cité s'allume,
Où cette autre Vénus, née aussi de l'écume,
Rôde, offrant à voix basse au passant qui la fuit
Ces péchés dont la honte a besoin de la nuit.

Il avait plu, la rue était pleine de boue.

Une femme parée et le fard à la joue,
Sur le trottoir fangeux, de l'un à l'autre égoût,
Allait et revenait, soulevant le dégoût,
Comme un sillage au sein de la vivante houle ;
On se poussait du coude, on riait dans la foule.
Quelques-uns l'insultaient, d'autres hâtaient le pas,
Les plus cléments passaient et ne la voyaient pas.
Et le fard et l'injure et la boue et la soie,
Cette misère vraie et cette fausse joie,
Et le luxe avili de cet être insulté,

Et tant de vice en proie à tant de lâcheté ,
   C'était triste.

     Et , songeant à cette infortunée ,
Je me disais : « C'est donc pour cela qu'elle est née !
Oh ! Penser qu'autrefois elle fut un enfant
Comme d'autres , de ceux qu'on chérit , qu'on défend ,
Un de ces êtres purs où tant d'espoir se fonde ,
De l'innocence rose et de la pudeur blonde ,
Et que c'est devenu la chose que voici !
Est-il un crime au monde égal à celui-ci ?
Qui donc a fait cela ? Ce n'est pas toi , nature ;
Tu ne te connais plus dans cette créature ,
Ce rebut du mépris qui ne dit jamais non ,
Et qui n'a plus de sexe et qui n'a plus de nom ,
Et par l'opprobre seul tient encore à ce monde
Dans ce chiffre inconnu d'une série immonde !
Qui donc a fait ce spectre en disant: « Il en faut ! »
C'est toi , société pudique et sans défaut ;
Ce fantôme est ton œuvre , ô grande indifférente ,
C'est toi qui lui dis : Marche ! à cette honte errante ;
C'est toi qui passes là , jeune homme , c'est nous tous
Nous tous qui nous traînions hier à ses genoux
Alors qu'elle était jeune et qu'elle était rebelle ,
C'est nous , c'est toi , vieillard , toi qui , la voyant belle
Et qui la sachant pauvre avec cette beauté ,
A fait de sa pudeur rougir sa pauvreté.

Et dire que peut-être au fond de ce cadavre
Une femme est vivante et que tout cela navre,
Et qu'il lui vient au cœur le dégoût qui m'y vient,
Et qu'elle désespère et qu'elle se souvient !

Oh ! l'âme que ce corps doit avoir pour compagne ,
Ce lis dans ce fumier, cet ange dans ce bagne !..

Quel est donc le passé qu'elle paye à ce prix ?..
Et si pour nos mépris elle avait du mépris ?
Qui sait ce qui se passe au fond de sa pensée ,
Et les dédains muets de cette ombre offensée ?
Que doit-elle penser des hommes après tout ?
Dans ce cœur saccagé que reste-t-il debout ?
Quel dernier souvenir ou quel espoir suprême ?
Et qu'attend-elle encore ? O Dieu ! peut-être elle aime.

Et mon cœur se remplit d'une immense pitié ,
Et la voyant passer près de moi dans sa course ,
Je lui tendis la main et lui donnai ma bourse.
Elle s'arrêta court et ne comprenant pas ,
Et comme je disais : « Prenez, prenez, » tout bas,
La pudeur empourpra sa figure encor belle ,
Par un étrange effet de l'honneur dépravé ,
Et , jetant fièrement l'argent sur le pavé :
« Je ne demande pas l'aumône ! » me dit-elle.

A UNE FEMME

Oui, vous êtes charmante, Alice, et je vous aime,
Vous, votre bouche rose et vos yeux étoilés,
Et cela tout autant que vous m'aimez vous-même,
Tout autant ! mais pas plus... pas plus si vous voulez.
Mon Dieu ! je vous comprends. Vous voudriez, madame,
— Si vous êtes bien sage et si je le permets,
Avoir ce beau joujou que j'appelle mon âme...

Ne pleurez pas , madame — Vous ne l'aurez jamais.
Jamais vous ne l'aurez , l'âme altière et farouche !
Sur vos deux petits pieds dressez-vous comme il faut;
Vos blanches mains peut-être iront jusqu'à ma bouche
Mais non jusqu'à mon cœur , ma chère — il est trod hau

L'AVEU DE DEUX AMOUREUX

En ce temps-là ! C'était un jour comme aujourd'hui ,
Pour moi vous étiez : Elle, et pour vous j'étais : Lui !
     En ce temps-là , ma toute belle —
Un jour comme aujourd'hui,nous suivions ce chemin
Je n'osais vous parler ni vous donner la main ,
     Je vous disais : « Mademoiselle ! »

Vous me disiez : « Monsieur ! » Vous en souvenez-vous ?
Ah ! que vous étiez belle et que l'air était doux !
     Dans ces moments , tout nous étonne ;

13

Nous avions pourtant fait ce chemin bien des fois,
Mais c'étaient d'autres champs et c'étaient d'autres bois
    Et nous découvrions l'automne.

Vous en souvenez-vous, comme tout était beau?
Et des douceurs de l'air et des baisers de l'eau,
    Vous en souvenez-vous? Et l'herbe
Où ruisselaient ces fleurs que vernit le brouillard.
Et l'aveugle du pont? Pauvre homme! un beau vieillar
    Et le beau pont? Un pont superbe!

Ah! chers instants! j'étais comme un enfant boudeur
Plein d'audace muette et de lourde pudeur;
    Je disais: « Qui sait? » J'étais ivre.
Parfois je vous laissais exprès marcher devant,
Pour voir vos cheveux fins qui frémissaient au vent.
    Pauvres morts! Qu'il est doux de vivre!

Si vous l'aviez connu, tout ce que j'ai pensé!
Je naissais; je voyais, oubliant le passé,
    Comme un lis en mon âme éclore,
Et je bénissais Dieu, sentant venir l'amour,
Le Dieu bon qui permet, si la vie est un jour,
    Que ce jour ait plus d'une aurore.

Oui, je pensais beaucoup, mais je pensais tout bas ;
Et, comme j'entendais que je ne parlais pas,
   J'en avais l'âme consternée ;
Aussi, quand le silence avait duré longtemps,
J'assurais bien ma voix et m'écriais : « Beau temps! »
   Vous répondiez : « Belle journée! »

Ainsi nous avons fait jusqu'à ce qu'il fît noir,
Ayant marché tous deux du matin jusqu'au soir,
   La bouche sur le cœur fermée ;
Trouble! Extase! ô silence adorable et maudit!
Tu n'avais pas parlé, je ne t'avais rien dit...
   C'était l'aveu, ma bien-aimée!

ORGUEIL

Mon indomptable orgueil est l'arme de ma vie ,
La pierre de mon cœur et l'ancre de ma foi.
Il est plus fort qu'un roc et plus puissant qu'un roi ,
Et trop dur pour le temps et trop haut pour l'envie.

Je ne reconnais pas d'autre loi que sa loi.
La douleur peut frapper , c'est moi qui l'en convie !
J'irai — sans que personne ou que rien me dévie ;
Je veux ce que je veux et je m'appelle Moi !

C'est en vain que la haine attendrait pour salaire
Un mot de ma faiblesse, un cri de ma colère,
Ce qui part de si bas n'a pas un si haut prix ;

Des sommets où je suis, c'est un bruit dans l'espace ;
J'entends et je souris, je me tais et je passe ;
Mon rire a nom dédain ; mon silence, mépris.

REGRETS

Je ne trouverai plus les rêves de l'enfance
Et mes pensers naïfs,
Quand mon âme épanchait sa douce insouciance
En rires fugitifs.

Je ne trouverai plus ces châteaux en Espagne,
Qu'architecte joyeux
Mon esprit inventeur, en battant la campagne,
Bâtissait dans ses jeux.

Je ne trouverai plus ces plaisirs sans nuage,
    Ces bonheurs d'un instant,
Dont je berçais encor les charmantes images,
    Le soir en m'endormant.

Je ne trouverai plus ni ce regard limpide,
    Ni ce calme ignorant,
Ni ce rapide oubli, quand un souci timide
    Effarouchait l'enfant.

Pour trouver le bonheur toujours l'on élabore,
    Et quand l'homme empressé
A cru l'atteindre enfin... il le voit fuir encore
    Vers l'avenir ou le passé.

Car Dieu ne l'a pas fait pour l'humaine misère ;
    Dans le sentier tracé
On court avec ardeur... et le bonheur derrière
    Se lève après qu'on a passé.

Et le temps, sans souci des heures regrettées,
    Sans souci de nos pleurs,
Marche vers l'avenir sur ses ailes hâtées
    En nous montrant des jours meilleurs ;

Mais de ces jours promis l'auréole éclipsée
    Disparaît à nos yeux.
Et l'on ne revient plus sur la trace effacée
    Qu'imprimèrent des pas heureux.

A MA MÈRE

Quand ton œil vigilant, dans la longue veillée,
　　Epiait mon sommeil,
Quand mon naïf regard et ma bouche éveillée
　　Souriaient au réveil,

Mère, te souvient-il de mes folles caresses,
　　De mon rire éclatant,
Et des baisers sans fin qu'en tes douces tendresses
　　Tu donnais à l'enfant?

Et ces chagrins boudeurs sur ma tête adorée
    Qu'un caprice amenait,
Et puis ces pleurs mutins sur ma joue empourprée
    Qu'un baiser essuyait?

Et quand tu protégeais, t'en souvient-il, ma mère?
    Mon pas mal affermi,
Et quand je bégayais dans tes bras ma prière,
    Déjà presque endormi.

Ta sévérité tendre, à regret exercée,
    Châtiait le mutin
Qui bientôt, le cœur plein, l'âme tout oppressée,
    De pleurs couvrait ton sein.

De ces moments trop courts, te souvient-il, ma mère?
    Comme au matin l'oiseau,
Je chantais à tout vent ma chanson printanière
    Auprès de mon berceau.

Et puis, que sais-je encor? T'en souvient-il, ma mère;
    Mais tout a disparu!
L'enfant vient de grandir sous ton œil tutélaire,
    Et puis l'homme a paru!

Au sentier de la vie avec un cœur timide
  Il commence ses pas ,
Et pour le retenir sur la pente rapide
  Il n'aura plus ton bras.

Qui le consolera dans ses longues tristesses
  Et dans son désespoir ?
Qui versera sur lui le baume des tendresses,
  En lui rendant l'espoir ?

Car qui saura jamais comme sait une mère
  Nos plaisirs , nos douleurs ?
Notre cœur tressaillit neuf mois dans le mystère
  De ses flancs producteurs.

Elle suivit longtemps notre jeune pensée
  D'un regard inquiet ;
Son âme de veiller ne s'est jamais lassée
  Et c'est là son secret.

Elle est auprès de nous la sainte Providence
  Et comme le sauveur ,
Elle nous a donné l'amour et l'espérance ,
  Et garda la douleur.

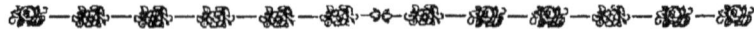

SATIRE CONTRE LE TABAC

I

Pouah! quelle est cette odeur fade et nauséabonde
Qui vient empoisonner l'atmosphère à la ronde?
De quelqu'endroit infect quelle émanation
Vient de mon odorat frapper l'attention?
N'a-t-on pas oublié de fermer quelque porte
D'où l'homme n'aime pas de sentir ce qu'il porte?
Et la tête et la gorge en sont dans la souffrance.
Mais que vois-je? et combien grande était mon erreur!

Le foyer qui m'infecte est un simple fumeur.
Le voilà qui s'avance et, la pipe à la bouche,
Fait reculer d'horreur tout être qui le touche.
Voyez quelle fumée il sait béatement
Produire par la bouche et le nez fréquemment ;
Combien, se dérobant à tout éclair lucide,
Il paraît adorer cette extase stupide,
Cet épaississement d'un esprit alourdi
Où le plonge l'effet de ce tabac maudit.
On voit à chaque instant une salive infecte
Humecter du fumeur la mâchoire suspecte,
Et l'on ne sait, aux lieux des fumeurs fréquentés,
Où l'on doit reposer ses deux pieds dégoûtés.

II

Quittons un peu la pipe et le cigare aussi ,
Et voyons ce que fait la tabatière ici ,
De tabachique poudre aux narines l'offrande
Est une régalade , à ce qu'il paraît, grande.
Du détritus poudreux d'un poison malfaisant
L'on se plaît à remplir un nez trop complaisant.
Regardez ce priseur : son indolence douce
Va saisir son régal de l'index et du pouce ,
L'approche de son nez , dont l'aspiration.
En provoque aussitôt la disparition
D'un double mouvement de son pouce il essuie
Ce nez où le tabac s'attache comme suie.
Il renifle trois fois pour ne rien laisser choir
De l'odieux poison qu'il aime à recevoir.
Le priseur économe ouvre sa tabatière
Sous son nez en prisant , et , de cette manière ,
Les grains qui tenteraient d'échapper à ce nez ,
Au bercail sur le champ rentreraient étonnés.
Le priseur en perçoit l'arome avec délice ,
Et ne pleure jamais que s'il est trop novice ;
Alors il éternue à ne plus s'arrêter ,
Et la poudre , aux conduits à force de monter ,
Finissant par descendre et tombant par derrière ,

Allume dans sa gorge une odeur meurtrière
Qui le force à tousser et lui donne un hoquet
Disgracieux au ton d'un jeune homme coquet.
Mais dès que le priseur acquiert plus d'habitude,
Il perd de ces ennuis toute sollicitude.
Le tabac dans le nez se fixant promptement
Y reste prisonnier à peu près proprement.
Seulement, lorsque l'âge, escorté de faiblesse,
Attaque la muqueuse en sa délicatesse,
Le priseur, insensible au cours de ses humeurs,
Projette par le nez d'interminables pleurs,
Lesquels, se colorant d'un brun inévitable,
Tachent tout ce qu'atteint leur chute regrettable;
Et le priseur ne peut de lettre écrire un mot
Sans signer le papier de son nez aussitôt.
Le mouchoir dans lequel un priseur de la ville
Recueille de son nez l'humeur qui se distille
Ne doit pas être blanc, car il se souillerait
De tabac, et bientôt d'être blanc cesserait.

Pour mieux tromper les yeux sur des taches sans nombre
Le mouchoir doit toujours être de couleur sombre,
Le priseur économe (un de moi fut connu),
Usant du procédé, je m'en suis souvenu,
Lorsque de son mouchoir la surface mouillée
Ne lui présente plus de place immaculée,
L'étale sur le dos d'une chaise avec soin,

En l'approchant du feu ni trop près ni trop loin ;
Puis, quand il est bien sec, il l'agite et dégage,
Au-dessus d'un papier disposé pour l'usage,
La poudre de tabac dont les grains ramassés
Par le nez du priseur sont de nouveau prisés.
Mêlés avec du frais, ils en doublent la dose,
Et reprennent un goût de jasmin ou de rose.

III

Le tableau qu'aux regards du lecteur je déroule
Est peut-être peu propre à ragoûter la foule ;
Mais quand on reproduit une réalité
On ne redoute pas l'exacte vérité.
Combattant du tabac le détestable usage,
Sur ce qu'il a d'abject se moule mon langage,
Et quand le cœur se lève à son goût repoussant,
Mon style pourrait-il paraître éblouissant ?
Dois-je donc exalter l'habitude blâmable
De fumer, de priser une plante exécrable,
Un poison narcotique, impur, dont l'âcreté
Nous peut donner la mort avec rapidité ?
Et nous avons pu voir déjà la nicotine
Seconder les projets d'une main assassine.
Apprenons donc à vaincre un goût avilissant,
Qui fait de l'homme un être affreux en vieillissant ;
Et qui, par des effets souvent inévitables,
L'expose à tous les maux les épouvantables,
Sans même lui donner pour compensation
D'un devoir accompli la satisfaction.

18e vers, lis : *les plus épouvantables.*

SATIRE CONTRE CERTAINS AGENTS

DE COMMERCE

Au coin du feu j'étais assis tranquillement ;
Je voyais briller l'âtre et me chauffais gaiement.
Profitant d'un moment de libre solitude,
Mon esprit chevauchait selon son habitude.
En Espagne j'étais bâtisseur de châteaux ;
S'ils n'ont rien de réel, on les fait toujours beaux.
Un coup discret frappé retentit à ma porte,

Je m'éveille et je crie : « Entrez ! » d'une voix forte.
Un monsieur se présente assez bien habillé
Et lâche un compliment pas mal entortillé.

« Monsieur, je suis tailleur d'habits et je voyage
Pour placer en tous lieux quelque élégant ouvrage.
Je travaille en tout genre, au plus moderne goût,
Et je puis de Paris expédier partout.
On m'a dit que Monsieur est, en fait d'élégance,
Un amateur ayant beaucoup de connaissance.
Tenant extrêmement, par pur amour de l'art,
Qu'on est heureux de voir cultiver quelque part,
A compter pour clients ces personnes d'élite
Qui ne marchandent pas hommage au mérite,
Sachant dans ce pays la réputation
Que vous avez, Monsieur, de haute fashion,
Je n'ai pas cru pouvoir traverser la contrée
Sans voir de votre aspect ma visite honorée.
— Je ne puis, dis-je alors, Monsieur, que regretter
La peine que la course aura dû vous coûter.
— Oh ! monsieur, cette peine, elle est tout à fait nulle,
Pour voir les gens de goût jamais on ne recule.
— C'est que je vous dirai qu'ayant un bon tailleur,
Il ne me convient pas d'en chercher un meilleur.
— Monsieur, je ne crois pas, si j'ose vous le dire,
Qu'un essai chez un autre à conséquence tire.
— Monsieur, je suis content du tailleur que j'ai pris,

Il m'a fait récemment un envoi de Paris.
— Je comprends tout cela très-bien, Monsieur, mais j'ose
Vous engager pourtant à choisir quelque chose.
J'ai, pour ainsi parler, une bonne raison,
C'est que vous pourrez faire une comparaison.
A comparer sans doute il est un avantage,
C'est que l'on peut choisir ce qui plaît davantage.
Je vous habillerai, ce qu'on appelle bien.
— Encore un coup, monsieur, je n'ai besoin de rien.

— Un gilet, pantalon, habit, paletot même
Ne tirent pas, monsieur, à conséquence extrême.
Faites-moi le plaisir de jeter un coup d'œil
Sur mes échantillons, dont voici le recueil.
— Monsieur, je vous ai dit ce que j'avais à dire.
— Je le crois, mais cela ne saurait me suffire.
Examinez un peu de ces draps le reflet :
Vous en a-t-on fourni de pareils, s'il vous plaît ?
Regardez pour gilets ces étoffes soyeuses :
En est-il, dites-moi, qui soient plus gracieuses ?
Veuillez bien remarquer aussi tous ces velours :
Je crois que de pareils on n'en voit pas toujours.
Ce cachemire-là : quelle belle nuauce,
Cela fait des gilets suprêmes d'élégance,
Tenez, monsieur, voyez, vous chercheriez en vain
Dans notre capitale un plus riche dessin. »
Moitié persuadé par cet homme loquace,

Moitié pour abréger sa visite tenace,
Je me laisse entraîner par la tentation,
Et je choisis d'effets une collection :
Un habit, deux gilets, deux pantalons encore,
Sans retenir les noms pompeux dont on décore
Chaque étoffe nouvelle. Notre marché se fait ;
Deux cent cinquante francs sont le prix de forfait.
A ce maître tailleur prudemment je demande
De chaque étoffe prise une petite bande,
Afin de m'assurer, à la réception,
Que l'on ne m'a pas fait de substitution.
Mon homme part après un beau sourire d'aise.
Je vais près de mon feu me rasseoir sur ma chaise ;
Je veux reprendre en vain mon rêve favori,
Et cherche, pour le lire, un écrivain chéri.
On frappe de nouveau, mais d'une main plus sûre,
Qui de plus de vigueur me donne la mesure.
« Entrez ! Je suis, monsieur, bien votre serviteur ;
D'une maison de vins fidèle voyageur,
J'ai cru que ce serait vous porter préjudice
Que de ne pas vous faire une offre de service.

— Je regrette le mal que monsieur s'est donné,
Etant en ce moment approvisionné.
— Quand on est, comme vous, habitant la campagne,
On a toujours besoin de bordeaux, de champagne.
— Monsieur, c'est que je suis un très-petit buveur.

— Eh bien, vous avez tort, ma parole d'honneur.
Le bon vin est, monsieur, la chose la meilleure
Dont l'homme puisse faire usage en sa demeure.
Tenez, je vous engage à tenter un essai,
Nous avons tous les vins, en un prix modéré,
Du sauterne princier. Monsieur, je vous répète
Que ma provision est à peu près complète.
— A peu près ce n'est pas, monsieur, entièrement,
Et vous y pourriez joindre un petit supplément.
— Monsieur, ces choses-là sont de ma compétence,
Et je n'ai pas besoin que quelqu'un m'influence.
— Tenez, c'est le moment d'acheter de bons vins,
Nous vous en fournirons de délicats, de fins,
De ces vins qui feront honneur à votre cave.
Ainsi dans les bordeaux nous possédons un grave
Dont vous m'adresseriez quelque jour compliment,
En m'en redemandant indubitablement.
— Je n'en ai pas besoin, monsieur, je le répète.

. . . .

Il part, il est parti. Moi, je suis enchanté
De me retrouver seul en toute liberté.
Ah ! je ne serai plus dérangé, je l'espère,
Je veux lire et je prends l'auteur que je préfère,
Déjà je le déguste en m'écriant : « C'est beau ! »
Lorsque j'entends heurter ma porte de nouveau.
Entrez, dis-je. Un monsieur assez propre en costume

Et porteur d'un paquet d'un notable volume,
Apparaît aussitôt, et saluant fort bas,
Demande si c'est moi, s'il ne se trompe pas ;
— Oui, monsieur, c'est bien moi qui suis moins gai que triste.
— Ah! j'en suis enchanté, monsieur, je suis artiste,
Artiste photographe, et je viens en ces lieux
Avec mes instruments pour reproduire aux yeux,
Fidèlement, les traits de toutes les personnes
Qui pour y consentir veulent être assez bonnes.
— Mais, monsieur, j'ai déjà fait tirer mon portrait,
Je ne pourrais donc pas remplir votre souhait ;
Tenez, vous pouvez voir. — Epreuve Daguerienne,
La plaque métallique, à la mode ancienne,
Que l'on met de côté presque complètement,
A cause de l'ennui de son miroitement.
Nous faisons maintenant, par des méthodes neuves,
Sur papier préparé de plus belles épreuves.
Voyez à votre tour, et dites-moi, monsieur,
Si l'on peut présenter un spécimen meilleur ?
— Cela ne laisse pas que d'avoir l'apparence ;
Mais attrapez-vous bien aussi la ressemblance ?

— Monsieur, c'est la nature en sa perfection.
Je vous en garantis la reproduction.
En voyant mes portraits il me semble impossible
De ne pas dire avec l'élan irrésistible :
« Eh ! je les reconnais : c'est bien monsieur un tel,

» Madame chose, avec son sourire éternel,
» Ou bien, avec sa mine éveillée et gentille,
» Le visage si frais de sa charmante fille. »
— Je trouve mon portrait, moi, suffisamment beau,
Et ne sens nul besoin d'en avoir un nouveau.
— Ceux que je fais pourtant ont autrement de grâce.
— D'un autre quel emploi voulez-vous que je fasse ?
— Mais, monsieur, vous avez des parents, des amis,
Auxquels d'en faire don sans doute il est permis :
On peut avoir aussi quelqu'autre connaissance
Pour laquelle un portrait est une jouissance :
On aime à voir les traits d'un objet préféré,
Et j'en puis faire ici plusieurs à votre gré.
— Combien de vos portraits me laisserez-vous faire ?

— Eh bien, faites m'en vingt. C'est le chiffre ordinaire :
Pour parents, amis, dix ; pour les autres autant,
Cela fait que chacun se trouvera content.
Même si vous voulez que je vous reproduise
Avec quelque personne à vos désirs acquise
(Il parlait à voix basse en me disant ceci),
Cela ne coûterait pas plus cher. — Non, merci.
— Aucun désagrément ne suivrait la mesure ;
Nous nous établirions là, dans cette embrasure ;
Vous feriez arriver l'objet d'affection....
— Mais d'une autre, monsieur, il n'est pas question.
— On aime en général de porter en cachette

Les traits d'une beauté qu'en voyage on regrette.
— Monsieur, je ne possède en ces lieux nul objet.
— Plus que la tombe, moi, monsieur, je suis discret.

.   .   .   .

Le monsieur me salue et me voilà tranquille
Avec mes vingt portraits, garniture gentille ;
Mais un peu monotone. En mon coin replacé,
Je reprends mon volume où je l'avais laissé.
Un petit coup frappé d'une façon discrète
Me dit qu'un visiteur à me parler s'apprête.
« Encore, dis-je à part, c'est impatientant !
Je ne serai donc pas tranquille un seul instant.
Entrez ! mais entrez donc ! » Un homme se présente,
Qui me paraît vêtu d'une façon décente.
Il salue assez bas et, venu plus avant,
Il me tient à peu près le langage suivant :
« Monsieur, je suis artiste, artiste pour chaussure,
Et viens voir si je dois prendre votre mesure.
— Monsieur, je ne vois pas que cela soit pressant :
Mon cordonnier me chausse et c'est bien suffisant.
— Monsieur sait aussi bien que moi, je le suppose,
Que l'art de chausser est une importante chose,
Puisque c'est par le pied qu'à terre nous touchons,
Que ce n'est que chaussés que jamais nous marchons.
— Je ne suis pas, monsieur, va-nu-pieds plus qu'un autre,
Mais j'ai mon cordonnier. — Je veux être le vôtre !

14.

—Pourquoi donc, s'il vous plaît? je suis content du mien
Et j'ai toujours trouvé qu'il me chaussait fort bien.
— La chaussure qu'aux pieds vous portez à cette heure
Serait-elle un produit de son habileté ?
— Oui certes ! — Cela va bien mal, en vérité,
— Comment, vous osez dire... assurément je signe
Que vous êtes botté d'une manière indigne.
— Je vous dirai que c'est un cuistre qui vous fit
Une telle chaussure : un artiste en rougit.
— Je ne vois pas pourquoi ? — Voyez donc ! la semelle
Sort de l'empeigne ainsi que ferait une pelle ;
Le talon est trop bas, et je vois à ce pli
Que le fond n'est jamais par votre pied rempli,
C'est trop large ; on pourrait, tant le pied y ballotte,
Mettre un demi-quintal de foin dans chaque botte.

SATIRE CONTRE LES FATS

Chacun sait, quel que soit son genre, son état,
Ce que dans le langage on entend par un fat.
Un fat est un monsieur content de sa personne,
De ses talents, vertus, et qui souvent s'étonne
Que tous n'encensent pas, d'un air humble et soumis,
Le mérite qu'en lui le fat croit par Dieu mis.
Il ne peut concevoir un autre qu'on admire,
Mieux que lui-même a fait parvienne à se conduire,

Et ces éloges, dont il hait l'audition,
Sont sans doute un effet de la prévention.
Voyez le fat poser dans une compagnie :
Il se tient raide et droit, ainsi qu'une bougie.
Son habit à la mode est tout plein de fraîcheur,
De son col rabattu les deux pointes sont nettes,
Et de beaux boutons d'or décorent ses manchettes ;
La chaîne de sa montre est en or ciselé,
Lourde d'un médaillon et d'une riche clé.
Le fat, en discourant, la tripote sans cesse
De la gauche, tandis que sa droite caresse
Un élégant lorgnon qu'il plaque à tout moment
Sur un œil affectant certain clignotement.

Le fat se croit toujours un vrai fashionable,
Autant que tout autre homme à la vue agréable.
De quelque survenant qu'il se voie approcher,
Il ne manque jamais alors de l'éplucher.
Il l'examinera dans sa personne entière
Et ne manquera pas de se montrer sévère,
En le considérant du bas jusques en haut ;
Partout de la cuirasse il cherche le défaut ;
Et n'est jamais plus gai, d'un air plus agréable,
Que quand il a trouvé son endroit vulnérable.
Mais sur certaines gens cela n'est pas aisé,
Et l'on trouve partout leur être cuirassé.
Quand le fat a fini d'examiner son homme,

Qu'il sait bien ce qu'il est, pourquoi l'on le renomme,
Et son rang dans le monde et sa naissance aussi,
Sa richesse (le fat fait grand cas de ceci,)
Il lui donne aussitôt un rang dans son estime,
Et se compare à lui par un travail intime,
Si, ne pouvant fermer les yeux sur ce qu'il voit,
Il se juge au-dessous, il cesse d'être froid :
Il prend un air riant, aimable, plein de grâce,
Se montre obséquieux de parole et de face ;
Sa voix est mielleuse et son sourire doux,
Avec des compliments très-flatteurs à tous coups.

Afin de prendre part à leur magnificence,
Il aime à se frotter contre ceux qu'il encense ;
Plus ils sont grands et hauts, et plus ce jeu lui plaît.
Plus ils ont de pouvoir, plus il est plat valet.
Mais si celui qui vient auprès du personnage
Que nous nommons un fat n'est pas de haut lignage;
S'il a petit renom, petit bien, petit toit ;
Si surtout dans sa mise, il pèche en quelque endroit,
Le fat ne manque pas de juger tout de suite,
Qu'il est inférieur à son propre mérite,
Et qu'il serait un sot de ne pas s'amuser
Dans ses prétentions à le faire baisser.
Mon fat alors devient plaisant, moqueur, caustique ;
Quoique son patient dise, il a la réplique,
Et trouve le moyen, par quelque allusion,

De tourner ce que dit l'autre en dérision.
Il affectera·même avec un air de glace,
Quand son inférieur à son côté se place
Afin de s'adresser par la parole à lui,
De ne pas l'écouter, d'éprouver de l'ennui,
Ou même, pour pousser dans son superbe rôle.
A quelqu'autre voisin d'adresser la parole.
C'est comme s'il disait : « Vous êtes trop petit,
Pour de vous écouter me mettre en appétit,
Et j'ai certainement bien autre chose à faire,
A vos humbles propos que d'ainsi me complaire. »
Quand il voit ses égaux dans la société,
Il pourra leur sourire avec fatuité,
Et, sans se figurer qu'aucun d'entr'eux l'égale,
Il leur débitera quelque phrase banale.

Aux servantes, valets, qu'il appelle mes gens,
Le fat donne toujours des ordres exigeants.
C'est toujours chapeau bas et plein d'obéissance
Qu'un domestique doit en prendre connaissance.
Il écoute debout. A moins d'un grand danger,
Il n'a permission jamais d'interroger.
Le fat veut qu'il se borne, après chaque demande,
A lui répondre avec une humilité grande ;
Et que sans lui parler jamais directement,
A la tierce personne il reste exactement :

Un valet, devant lui, qui dit vous à son maître,
Ne peut qu'être un butor, un abominable être.
Un fat ayant un jour pris un valet nouveau,
Lui commande d'aller chercher de la fraîche eau.
« Monsieur, dit le valet, j'y vais aller de suite,
Et puis je brosserai vos pantalons ensuite.
— Mais, morbleu, dit le fat, je suis fâché de voir
Que vous ne parlez pas selon votre devoir.
— Je ne sais pas parler plus beau, je vous assure.
— Ecoutez, et n'ayez pas la mémoire dure :
Lorsque vous répondrez à quelque question,
La troisième personne est d'obligation.
— Nous ne sommes que deux, et voilà qui m'étonne :
Qu'a donc à faire ici la troisième personne ? »

SATIRE CONTRE LES IMPUDENTS

Pour arriver à tout voulez-vous libre place ?
L'audace ! de l'audace, et toujours de l'audace ;
C'est ce que répondait Danton, le véhément,
A ceux qui lui parlaient de quelque empêchement.
L'antiquité, souvent basse et parfois sublime,
Nous a laissé sa part de pareille maxime :
Audaces Fortuna juvat : « Audacieux,
Comptez, vous le pouvez, sur le concours de cieux. »
Le monde, en général, aime assez que l'on ose ;

Et qui veut par faveur obtenir quelque chose,
D'aller le demander ne doit point redouter,
Et, s'il ne l'obtient pas tout d'abord, d'insister.
Bien des gens, pour donner ce que d'eux on demande,
Veulent être pressés d'une insistance grande ;
Afin d'un importun d'être débarrassé,
On voit bientôt faiblir plus d'un puissant lassé ;
Et qui veut obtenir un brevet, un office,
Ou quelqu'avancement dans l'armée, en justice,
Aux finances, dans quelqu'administration,
Doit savoir s'imposer plus d'une station,
Présenter sa requête à plus d'un ministère,
Laisser maint directeur qui prend un air sévère,
Mais qui n'est pas fâché, pour dérider son front,
De voir que d'un refus on digère l'affront.
Quiconque a constaté combien l'homme est crédule
Craint, en demandant peu, de sembler ridicule.

UNE FEMME SEULE

Dans le salon bourgeois où je l'ai rencontrée,
Ses yeux doux et craintifs, son front d'ange proscrit,
M'attirèrent d'abord vers elle, et l'on m'apprit
Que d'un mari brutal elle était séparée.

Elle venait encor chez ses anciens amis
Dont la maison avait vu grandir son enfance
Et qui, malgré le bruit dont le monde s'offense,

Au préjugé cruel ne s'étaient point soumis.
Mais elle savait bien , résignée et très-douce ,
Qu'on ne la recevait qu'en petit comité ,
Et s'attendait toujours , dans sa tranquillité ,
Au mot qui congédie , à l'accueil qui repousse.

Donc , les soirs sans dîner , ni bal au piano ,
Elle venait broder près de l'âtre en famille ,
Et c'est là que , devant son air de jeune fille ,
Je m'étonnai de voir à son doigt un anneau.

Stoïque , elle acceptait son étrange veuvage
Sans arrière-pensée et très naïvement ;
Pour prouver qu'elle était fidèle à son serment ,
Sa main avait gardé le signe d'esclavage.

Elle était pâle et brune , elle avait vingt-cinq ans.
Le sang veinait de bleu ses mains longues et fières ,
Et, nerveux , les longs cils de ses vastes paupières
Voilaient ses regards bruns de battements fréquents.
Ni bijou, ni ruban. Nulle marque de joie.
Jamais la moindre fleur dans le bandeau châtain ;
Et le petit col blanc , étroit et puritain ,
Tranchait seul sur le deuil de la robe de soie.

Brodant très lentement et d'un geste assoupli
Et ne se doutant pas que l'ombre transfigure,
Sa place dans la chambre était la plus obscure.
Elle parlait à peine et désirait l'oubli.

Mais, à la question banale qu'on adresse
Quand elle répondait quelques mots en passant,
Cela faisait du mal d'entendre cet accent
Brisé par la douleur et fait pour la tendresse,
Cette voix lente et pure et lasse de prier,
Qu'interrompait jadis la forte voix d'un maître,
Et qu'une insulte, hélas ! un bras levé peut-être,
De honte et de terreur un jour ont fait crier.

Quand un petit enfant présentait à la ronde
Son front à ses baisers, oh ! comme lentement,
Mélancoliquement et douloureusement,
Ses lèvres s'appuyaient sur cette tête blonde !
Mais aussitôt après ce trop cruel plaisir
Comme elle reprenait son travail au plus vite !
Et sur ses traits alors quelle rougeur subite,
En songeant au regret qu'on avait pu saisir :
Car je m'apercevais quoiqu'on fût bon pour elle,
Qu'on la plaignait d'avoir fait un si mauvais choix,
Que ce monde, aux instincts timorés et bourgeois,

Conservait une crainte, après tout naturelle.
J'avais bien remarqué que son humble regard
Tremblait d'être heurté par un regard qui brille,
Qu'elle n'allait jamais près d'une jeune fille
Et ne levait les yeux que devant un vieillard.
— Jeune homme qui pourrais aimer la pauvre femme
Et qui la trouveras quelque jour sur tes pas,
Ne te fais pas aimer, car ce serait infâme !
Va, je connais l'adresse et les subtilités
Du sophisme aussi bien que tu peux le connaître.
Je sais que son œil brûle et que sa voix pénètre,
Et quel sang bondira dans vos cœurs révoltés.
Je sais qu'elle succombe et qu'elle est sans défense,
Qu'elle meurtrit son sein devant le crucifix,
Qu'elle t'adorerait comme un Dieu, comme un fils ;
Je sais que ta victoire est certaine d'avance.
Oui, pour moi je suis sûr qu'elle sacrifierait
Son unique trésor, l'honneur pur et fidèle,
Et que tu pourrais vivre et mourir auprès d'elle.
C'est bien. Mais je suis sûr ausssi qu'elle en mourrait.

PARIS BRULE !

A Napoléon III.

Sire, c'est le moment : Regarde et bats des mains !
Vois-tu cette fumée aux horizons lointains ?...
      C'est Paris qu'inondent les flammes !
C'est Paris qui se tord dans les brasiers mouvants,
Ecrasant sous sa chute hommes, vieillards, enfants,
      Aux cris épouvantés des femmes !

C'est Paris, la cité superbe, aux grands essors,
Soleil autour duquel le monde entier gravite,
Paris qui s'engloutit avec tous les trésors
Que tu n'as pu voler, ne songeant qu'à la fuite !
C'est la ville sublime aux longs rayons de feu,
C'est le temple sacré, l'arche sainte de Dieu,
      Que vingt ans tu souillas de fange !
C'est le géant vaincu qu'il fallait terrasser,
Qui t'a marqué d'un fer et dont tu veux briser,
      Tout éperdu, les ailes d'ange !

Regarde et bats tes mains avec des courtisans :
Paris brûle ! Dans l'air la flamme monte, monte...
Ce qu'il faut à ton bras, ce sont des innocents ;
Ce qu'il faut à ton front, ô lâche, c'est la honte !

Ton arme à toi, c'est l'or volé, mais non le fer ;
Tu chargeas tes amis, tous voués à l'enfer,
      D'accomplir ton œuvre de haine !
C'est fait. Ne sens-tu pas ces odeurs de trépas ?
A ton tour ! Le lion n'est que pour les combats !..
      Pour les cadavres, c'est la hyène !

LA CANAILLE

La canaille , Monsieur , que vous goûtez si fort,
Dont vous vantez si fort le grand cœur , l'énergie,
C'est la race sordide où sombre le génie ,
Où surnage la honte , où se complaît la mort !

Ce sont les gens sortis d'une indigne poussière ,
Qui , n'ayant pas l'orgueil , ont la brutalité ,
Et qui font de la sainte et grande liberté
Une fille perdue à l'allure grossière !

C'est l'avocat taré, sans cause et sans honneur,
Qui, pour un écu d'or, défend l'un, défend l'autre ;
Qui, tout haut et partout, se déclare l'apôtre
Du vol après avoir défendu le voleur !

C'est l'homme que le vice a serré dans ses bras,
Que sa famille en pleurs renie et désavoue,
Qui se vautre à plaisir dans la fange et la boue,
Trouvant toujours la honte et jamais le trépas !

C'est l'amant qui reçoit de la fille de joie
Le reste des baisers et le gain de la nuit,
Qui se cache le jour et s'éveille à minuit,
Pour fondre sur votre or comme un oiseau de proie !

C'est l'ouvrier à l'œil cynique et menaçant,
Qui n'a que le blasphème et l'injure à la bouche,
Qu'on voit matin et soir dans un cabaret louche,
Boire à longs traits un vin fait de haine et de sang !

Ce sont enfin ces gens à la face blémie,
Qu'on voit rôder partout sans jamais travailler,
Trop vils pour mendier, trop lâches pour piller,
Qui ne savent que vendre au rabais l'infamie !

Bandits de grand chemin qui font tomber des têtes !
Soldats improvisés dont se sert un César !
Tous, ils sortent du bagne ou bien du lupanar !
La canaille ! voilà, monsieur ; — et vous en êtes !

MORT

Quoi ! si jeune, si jeune ! oui, si jeune ! il est mort !
Pauvre petit enfant, en appelant sa mère ;
Il est parti vers Dieu, comme au soir on s'endort,
Sans entendre le cri de la douleur amère !
      Où les anges ont leur séjour
      Et redisent des mots d'amour,
      Que Dieu reçoit et qu'il inspire,
      Il est allé dans un sourire
      Pour devenir ange à son tour !

❀❀❀❀❀❀❀❀❀❀❀❀❀❀❀❀❀❀❀❀❀❀❀❀❀❀❀❀❀❀❀❀❀

VIERGE

Oh ! ne pouvoir pas dire et répéter au monde :
Voyez-vous cette femme au regard enivrant,
Au doux baiser qui pâme, au toucher délirant,
      Dont la voix est douce et profonde ;
Voyez-vous ces yeux bleus et ces longs cheveux noirs ?
Ce sein qui nous décèle un cœur plein de tendresse,
Ce corps fait par l'amour pour inspirer l'ivresse ;
      Eh bien ! moi je puis, tous les soirs,

De mon regard de feu contempler cette femme ;
Et mon baiser brûlant couvrir sa lèvre, moi,
Je puis à sa jeune âme aussi mêler mon âme ;
Nos cœurs ne font qu'un cœur et nos voix une voix :
Je puis, sous ces cheveux, cacher aussi ma tête ;
Sous ma main je puis voir tout ce corps frémissant ;
A moi seul appartient ce regard séduisant
      Que l'on admire dans la fête ;
Je puis, quand je le veux, voir palpiter son cœur ;
Je puis, de mon toucher, l'enivrer tout entière,
      Et chaque soir entendre sa prière
Sur moi seul appeler l'avenir, le bonheur ;
Oui, je puis tout cela ! je pourrais plus encore,
Car, c'est moi, voyez-vous, que cette femme adore ;
Et, si je le voulais, elle dirait au jour
Nos baisers, nos bonheurs, sa joie et notre amour !

Mais non, ces bonheurs-là se doivent taire au monde,
Au monde qui nous jette entraves et liens ;
Qui vous montre une barque abandonnée à l'onde,
Sans pilote à son bord, sans foc, sans gardiens,
Au monde qui défend de porter l'espérance
A ce frêle bateau qu'un flot peut renverser ;
Qui vous montre un enfant, et défend de bercer
Ses premiers jours de vie à des mots d'espérance.
Non, cette femme-là ne connut que trop tard
Mon amour qui l'étreint, mon regard qui l'enivre,

Un autre sur ses pas s'est trouvé par hasard,
    Et cet homme, elle doit le suivre.
Et moi ! moi je n'avais rien que son lendemain !
Encor si l'œil d'hiver décelait le génie,
    J'en supporterais l'agonie.
Oh ! comme il faut aimer pour se dire soudain,
Quand l'œil contemple une maîtrèsse,
Lorsque le corps reçoit une folle caresse,
Que feuille à feuille on peut faner la fleur,
Quand on dit : Elle a moi ! Lorsque le cœur s'enivre
    Et lorsque l'âme se sent vivre ;
Lorsque l'œil répand un doux pleur,
Oh ! comme il faut aimer pour n'avoir point de haine,
    A jeter sur le premier jour
De celle qu'on séduit, de celle qu'on entraîne,
Et dont un autre obtient le premier cri d'amour !

DEUX SŒURS

Oh ! n'avez-vous jamais pendant un jour d'automne ,
Tandis que de nos bois la fragile couronne
Se détache emportée au léger vent du soir ,
Dites , dans votre esprit n'avez-vous pas cru voir
Apparaître une femme à la fois grande et belle ,
Blanche comme une fée et douce aussi comme elle ?
Ne l'avez-vous pas vue allant par les sentiers ,

Effeuillant sur ses pas les fleurs des églantiers,
Noble dans son maintien, simple dans sa parure,
Et d'un bouton de rose ornant sa chevelure ?
Eh bien ! moi j'en sais une, une plus belle encor,
Plus belle que jamais, pendant nos rêves d'or,
N'en parut à nos yeux, après un jour de fête.
Dix-sept printemps, au plus, sont venus sur sa tête,
Comme les pleurs du ciel sur une fleur d'été,
Déposer leur tribut d'amour et de beauté !

J'en sais une autre aussi, le regard plein d'ivresse
N'a jamais contemplé de grâce enchanteresse
        Mieux faite pour charmer.
Jamais, sur une bouche où le bonheur respire,
Avec plus de candeur un plus tendre sourire
        N'est venu s'animer.
Oh ! lorsqu'en un salon vous la voyez assise,
Interrogeant d'abord l'harmonie indécise
        Dont le vol s'agrandit,
Et puis laissant errer et voltiger sans peine
Ses doigts, ses jolis doigts sur la touche d'ébène
        Qui murmure et bondit ;
Ou lorsqu'en légers sons modulant sa parole,
Elle anime en chantant la vive barcarolle ;
        Ou qu'humide de pleurs,

Elle fait soupirer la romance plaintive
Comme l'eau d'un ruisseau qui coule fugitive
      Sous des bosquets en fleurs ;
Les accents de sa voix sont si doux, si limpides,
Les sons du piano si brillants, si rapides.,
      Les accords si touchants,
Que vous diriez qu'unis dans une double flamme
Le feu de ses regards et l'amour de son âme
      Ont passé dans ses chants.
Alors on donnerait tout ce que l'on envie
Et de félicité, et de biens dans la vie,
      Et de bonheur aux cieux,
Rien que pour un aveu surpris dans un sourire,
Et pour avoir, tandis qu'en silence on l'admire,
      Un regard de ses yeux.

L'ÉGLISE

C'était après l'office ; et de fleurs, de fumée,
L'église solitaire était toute embaumée ;
Dans ses tubes d'airain l'orgue endormait ses sons.
Des cierges, sur l'autel, mouraient les étincelles
Et l'on n'entendait plus que les derniers fidèles
      Dans leurs dernières oraisons.

Moi qu'un instinct secret avait guidé sans doute,
Moi qui vers le Seigneur veux diriger ma route,

Qui suis faible, il est vrai , mais pourtant plein de foi,
J'allais m'agenouiller , quand je vis une femme
Qui , près de moi priait avec toute son âme :
     Je regardai.... Dieu ! c'était toi...

Tes yeux levés au ciel étaient baignés de larmes ,
Mais tant d'éclat alors divinisait tes charmes ,
Tant de grâce immortelle animait ses attraits ,
Qu'un moment je doutais si là , dans cette enceinte ,
Dieu n'avait pas permis qu'un ange ou qu'une sainte
     Vînt prier sous les toits...

Mais qu'avais-tu , dis-moi ? quel vent de son haleine
Faisait verser les pleurs de ton âme trop pleine ?
Quel scrupule t'agite et qui peut t'alarmer ?
Nos cœurs ne sont-ils pas toujours l'un à l'autre ?
Quand un amour est pur et vrai comme le nôtre ,
     On n'est pas coupable d'aimer ?....

« O mon Dieu , dis-je alors, c'est elle,
» C'est la timide tourterelle
» Dont la voix n'ose s'élancer :
» Donnez à la pauvre colombe ,
» Dont l'aile sans force retombe ,
» Un peu d'air pour la soulever,

» Oh ! réchauffez cette pauvre âme
» Qui vous implore et qui réclame
» Un rayon de félicité;
» Que ce feu dont tout se colore,
» Tombé dans son cœur fasse éclore
» Le bonheur, loin d'elle emporté.

» Enfin, si des choses humaines,
» Il faut qu'elle accepte les peines,
» Et qu'elle ait sa part de douleurs,
» Ajoutez-les à mes souffrances,
» Seigneur, et que ses espérances
» Ne meurent jamais dans les pleurs. »

J'achevais, tu sortis,... mais calme, épanouie,
Comme en un jour de mai, un lis trempé de pluie,
Ta grâce était plus tendre et tes beaux yeux plus doux.
Alors il me sembla que du saint lieu venue,
Faible comme un soupir, une voix inconnue
    Vous disait tout bas.... aimez-vous....

AMOUR

Sous les voiles jaloux qu'un vent léger soulève,
Ne vois-tu pas déjà qu'un nouveau jour se lève?
Mille charmes secrets, mille espoirs inconnus,
En souriant, vers toi ne sont-ils pas venus?
Dis-moi, ne sens-tu pas, comme un parfum de rose,
Le souffle du bonheur sortir de toute chose?
Et sous le doux soleil de la félicité
Ton cœur s'évanouir commé une fleur d'été?
Ah! c'est qu'enfin l'amour a fécondé ta vie

Et que par lui ton âme en extase est ravie !
Quand on aime, vois-tu, le cœur émerveillé
Sait qu'un monde nouveau pour lui s'est éveillé.
La nature est plus belle, on est heureux de vivre,
Tout semble partager l'espoir qui nous enivre,
Les vents sont embaumés, et dans le fond des bois
Le rossignol pour nous semble adoucir sa voix.
Le mal qu'on nous a fait on l'oublie, on pardonne,
On épargne, en passant, l'insecte qui bourdonne,
Et l'on veut que tout être en bénissant le jour,
Trouve aussi son bonheur dans un rayon d'amour !..
Mon Dieu ! bénissez-la ! gardez-lui cette flamme
Pour éclairer ses yeux et réchauffer son âme ;
Dans le sentier fleuri ne l'abandonnez pas,
Et qu'un rêve enchanté suive partout ses pas !..

CRAINTE

Je ne te comprends pas et je ne puis savoir
Pourquoi depuis dix jours tu ne veux plus me voir.
En vain dans mon amour mystérieuse et sainte,
Ce qui peut te déplaire ou t'inspirer la crainte,
Jusque dans mes pensers je cherche à l'éviter,
De mes soins assidus tu sembles t'irriter.
Hier encor, quand j'allais épier ton passage,
Un tel air de dédain assombrit ton visage,
Que je me demandai, surpris et plein d'effroi,
Si je t'avais bien vue et si c'était bien toi...

Ah ! si tu comprenais mon trouble et mes alarmes ,
Pendant mes longues nuits si tu savais mes larmes ,
L'amour dans tes beaux yeux encor me sourirait ,
Comme au temps où mon cœur à ta voix s'enivrait,
Alors que chaque jour tu quittais ta demeure ,
Passant aux mêmes lieux , toujours à la même heure ,
Et que m'apercevant suivre de loin tes pas ,
A mes saluts discrets tu répondais tout bas.
Que de fois je te vis près de la vitre humide
Confier à ton geste un aveu moins timide ,
Puis soudain toute émue et rouge de pudeur ,
Cacher sous tes rideaux le trouble de ton cœur...
Et ce bal où ma main par ta main fut pressée ,
Et cette fleur , un soir , sur ton fauteuil laissée ,
Et tous ces longs regards qui se levant sur moi
Semblaient dire : mon cœur est plein d'amour pour toi
Tout cela n'était donc , ô mon Dieu ! qu'un mensonge !
Qu'une vaine oasis qui nous séduit en songe ,
Et , comme un faux soleil qui naît pour s'éclipser ;
Tes yeux ne m'attiraient que pour me repousser !
Non , te juger ainsi ce serait une injure !
Non , je ne puis le croire , et tu n'es point parjure !
Soupçonnant notre amour , quelques regards jaloux
Sans doute auront semé la discorde entre nous ;
Peut-être on m'aura peint sous une fausse image ,
En t'assurant qu'ailleurs je porte mon hommage.
Que sais-je !.. Mais je veux te voir et te parler ,

Que mon cœur tout entier vienne se dévoiler,
Et qu'en traits enflammés tes yeux puissent y lire
Des mots que l'amour seul enfante en son délire,
Et qu'heureuse et charmée après les avoir lus,
Ta voix me dise : Ami, ne te tourmente plus.

L'ADULTÈRE

Je ne viens point ici maudire l'adultère ,
Par maint illustre nom savamment défendu ;
Bien des gens aujourd'hui le surnomment vertu ,
Et sans les contredire il vaudrait mieux me taire !
Applaudir , comme un autre , un mensonge vanté ,
Moi qui trop jeune encor , sans nom et sans génie ,
Ne puis à pleine voix crier la vérité.
Dans un vers tout vibrant d'une mâle ironie ,
De quel droit viens-je donc, m'indignant à grands cris,

Verser à larges mains la haine et le mépris ?
« Hommes, qui respectez de futiles serments
Et dont la loyauté veut tenir la promesse.
Qu'en une heure d'oubli vous vole une maîtresse ;
Vous tous, fiers descendants des plus grandes maisons
Toujours prompts à venger une injure frivole
Qu'un imprudent put faire à vos nobles blasons,
Vous qui mieux qu'un serment prisez votre parole,
Vous vous intitulez vous-mêmes gens de cœur,
Et vous vous surmontez l'un l'autre hommes d'honneur
Oui ; mais si d'un vieillard la bonté respectable
Vous convie au foyer, vous ouvre sa maison,
Vous faites sur vos pas entrer la trahison,
Ce vieillard avec vous a partagé sa table,
Vous, vrais hommes d'honneur qu'un tel vol ennoblit
Vous volez en retour la moitié de son lit.
« Toi, femme, tu juras devant Dieu qui t'écoute
D'être à toujours fidèle, et de n'avoir jamais
Pour l'époux confiant, mystères ni secrets ;
Cette promesse étant trop banale sans doute,
Tu jures à ton gré d'autres serments d'amour.
Infidèle au devoir, même infidèle au crime,
Menteuse à tous les deux, tu trompes tour à tour,
Adultère, maîtresse, épouse légitime,
L'époux avec l'amant, l'amant avec l'époux.
Si le mari parfois soupçonne ta tendresse,
Tu lui fermes les yeux par ta fausse caresse,

Et plus il est menteur plus ton baiser est doux.
Ta joue est rouge encor des ardeurs de ta faute,
Mais tu rentres chez toi, fière, la tête haute,
Puis, comme fit tantôt ton amant libertin,
Ton mari près de toi veille jusqu'au matin ;
Il t'aime : puis demain tu te réveilles mère,
Sans toi-même savoir qui des deux est le père.
Le crime à ton foyer s'assoira triomphant,
Pour un fils d'étranger tu voles ton enfant ».
Tous ces grands discours-là je ne sais point les faire,
Non ; mais si quelque fat me venait, par hasard,
Murmurer à l'oreille un ennuyeux mystère,
Ah ! je lui répondrais à cet homme bavard,
De tes amours passées j'ai gardé la mémoire,
Et je vais aujourd'hui t'en refaire l'histoire.
La première t'aima pour ton air enfantin,
Elle avait quarante ans, tu n'en avais pas vingt.
Ce fut aux temps passés une brune agréable,
Mais l'âge en avait fait la dame respectable
Que menace déjà l'hiver de la beauté.
Sa vieillesse a joui de ta virginité.
Tu l'adoras longtemps, et durant deux années
Vous parcouriez les bois, les monts et les vallées ;
Assis près des ruisseaux vous admiriez tous deux
.Les couchants du soleil, la nature et les cieux ;
Tu ressemblais vraiment à ce pensionnaire
Un dimanche d'été, que promène sa mère.

Mais reprenant enfin sa parole et sa foi,
Elle en a promené de plus jeunes que toi.
La seconde, pour toi qui s'éprit de caprice,
Te jugeant d'un coup d'œil, mâle d'un bon service,
Dans un espoir brutal t'a choisi pour amant,
Et mieux que ton amour estimant ta luxure,
Cette brute femelle admira simplement
Tes membres vigoureux et ta forte carrure.
Une autre, de concert avec son doux époux,
Que d'avoir trompé tu te vantais devant nous,
Exploita savamment ton amour et ta bourse.
Tu le trouvais naïf et simple, n'est-ce pas,
De te jeter ainsi sa femme entre les bras?
Sa femme étant, pardieu! sa plus sûre ressource,
Pour quelque argent de plus il eût chauffé ton lit.
Mais de toi l'on riait, amoureux et crédule,
Tout fier de bien jouer un rôle ridicule,
De la femme banquier et banquier du mari.
Une autre pauvre enfant à demi-poitrinaire,
Dont les nerfs ont forcé la raison à se taire,
Et qu'une crise, hélas! livre au premier passant,
Sans nulle volonté contre une ardeur lubrique,
T'aima toute une nuit d'un amour hystérique;
De chez elle un matin tu sortis triomphant.
Puis tu connus aussi la femme au blond visage,
Qui promène en tous lieux dans son riche équipage
Un roquet insolent aux poils soyeux et doux;

Elle a trompé pour toi son chien et son époux.
Puis tu connais aussi, dans un monde galant,
Mainte femme au grand nom, riche et belle peut-être,
Mais femme que jamais l'on n'est seul à connaître,
Dans les bras d'un amant qui rêve un autre amant,
Et dans la liberté sainte du mariage,
N'a cherché qu'un prétexte à tout libertinage.
Ces femmes qu'un désir, un caprice ou l'ennui,
Au lit d'un débauché jettent pour une nuit,
Qui font rouler leur corps dans la fange adultère,
Ne valent même pas la haine et la colère.

ENVOI

Vous ne seriez pour moi rien de plus qu'une femme
Et je vous aime trop pour vous aimer ainsi.
Vous-même à votre tour, m'en voudriez, madame,
De n'avoir pas mieux su demeurer votre ami ;
Et voyant qu'une nuit fit de vous ma maîtresse,
Vous me mépriserez peut-être à tout jamais,
D'avoir si pleinement vaincu votre faiblesse :
L'on aime une heure avant, l'on hait une heure après!

L'ATHÉE

Des rêveurs singuliers se demandent parfois
Si Dieu rayonne au sein de la pure lumière,
S'il impose au néant ses immuables lois
Et s'il créa les flots, et les cieux et la terre.
Au bord de l'Océan, ils écoutent des voix
Qui, murmurant tout bas quelque sotte chimère,
Leur révèlent ainsi qu'à Moïse autrefois

D'où l'âme descend , et d'où naquit la matière.
Sur l'immortalité , le vrai , le bien , le beau ,
Et l'homme pour renaître échappant au caveau ,
Sur telles questions il me venait des doutes ;
Si vous me demandez d'y répondre en un mot ,
Par cette équation je les résoudrai toutes :
X étant l'inconnu , $X = 0$.

SONNET

Oui, je m'étais juré de vivre insoucieux,
Sans pensers au cerveau, sans larmes dans les yeux,
Et de n'avoir jamais d'amour ni de maîtresse,
Mais je ne puis déjà tenir cette promesse.

Quand vous m'avez souri comme un ange des cieux,
J'ai senti dans mon cœur renaître ma jeunesse.
Je criais hier encor dans ma fatale ivresse :
Je vous exècre tous, les hommes et les dieux ;

Oui , je veux désormais blasphémer et maudire !
Je vous entends parler , mais je vous vois sourire
Et ce triste discours n'est déjà plus le mien.
Comme le chien battu , vient reprendre sa chaîne ,
L'amour que je déteste à tes genoux me traîne :
L'esprit veut oublier , mais le cœur se souvient.

L'ENFANT MORT

Une mère veillait dans une chambre en deuil :
L'enfant était couché dans son petit cercueil ;
Comme on avait croisé ses mains sur sa poitrine,
Il semblait répéter sa prière enfantine.
Tout une triste nuit auprès de son enfant,
La mère regarda cette tête chérie ;
Elle veillait, hélas ! et son regard pleurant
Allait du berceau vide à la bière remplie.
Mais humblement soumise aux lois de l'Eternel,

Elle embrassa longtemps sa bouche refroidie :
» Pauvre enfant, fatigué d'une longue insomnie,
» Dors, pour te réveiller , ô bel enfant, au ciel !
» Tiens, voilà mon baiser , mon doux baiser de mère,
» Celui dont chaque soir j'ai fermé ta paupière. »
Et l'enfant paraissait heureux de s'endormir,
Car il n'avait , hélas ! veillé que pour souffrir.

UNE JEUNE FILLE PAUVRE

Oh! n'insultez jamais une femme qui tombe!
Qui sait sous quel fardeau la pauvre âme succombe;
Qui sait combien de fois sa faim a combattu
Quand le vent du malheur ébranlait sa vertu.

VICTOR HUGO.

Perle avant de tomber et fange après sa chute !
La faute en est à nous , à toi, riche , à ton or.

VICTOR HUGO.

I

Nul parent, nul ami ne fête sa naissance,
Son père voit en elle un surcroît d'indigence ,
Pour langes, on lui met quelques sales chiffons ,
On la pose en un coin sur un tas de haillons;

Au lait qu'elle reçoit sur le sein de sa mère
Se mêle trop souvent plus d'une larme amère.
Elle a pourtant pour tout hochet la paille du grabat,
Où sa famille en foule avec des pleurs s'abat ;
Famille qui jamais d'un doux nom ne l'appelle !
Là, ses frères et sœurs , pêle-mêle près d'elle,
Lui disputent sa part de l'air toujours impur
Qu'elle aspire en criant dans ce réduit obscur.
Et puis, quand sur le seuil de ce bouge fétide ,
Elle essaie , en tremblant, son premier pas timide :
Entre les murs noircis d'un infect carrefour ,
Où, pendant l'été même, entre à peine le jour ,
Elle n'a pour parquet que des pierres glissantes ;
Quelques ruisseaux fangeux et leurs eaux croupissantes
Voilà de quel tapis est couvert son chemin !....
Et pas de bras amis pour lui tenir la main !
Car ceux qu'elle connaît vont gagner leur journée
Au fond des ateliers , où , faible infortunée ,
Elle devra bientôt , sous le poids du labeur ,
Prendre un morceau de pain tout mouillé de sueur.

II

Sans vêtements, sans nourriture,
Elle a pour caresse une injure ;
On la frappe pour l'apaiser ;
Et personne qui la console ,
Pas d'aimable et tendre parole ,
Pas un conseil, pas un baiser !

Débile, affamée et chétive ,
Lorsque l'hiver glaçant arrive ,
Elle voit, dans un chaud manteau,
Des enfants suivis d'une garde ,
Et qu'envieuse elle regarde
Jeter à des chiens leur gâteau.

Elle rencontre sur sa voie
Des jeunes filles sous la soie ;
Fraiches et que rien ne flétrit :
Parfois l'une est parée et passe
Légère et parlant à voix basse
A sa mère qui lui sourit.

Tous ont la lumière ; elle a l'ombre !
Tout , autour d'elle , est froid et sombre !
Pour elle , hélas ! tout est amer !
Enfant , que de tendresse on sèvre ;
Elle ne reçoit sur sa lèvre
Qu'une goutte d'eau de la mer.

III

Dites-moi ? maintenant : si le ciel la fit belle ,
Si de son grand œil noir l'éclatante prunelle ,
Fait rayonner ses cils baissés par la candeur ;
Si sur son chaste front , coloré de pudeur ,
Que fend , d'un bleu rayon la veine la plus pure ,
Roule en épais flocons sa longue chevelure ;
Si ses lèvres , brillant du plus vif incarnat ,
D'une fleur à l'aurore ont le charme et l'éclat ;
Si sa démarche est noble , et pudique et modeste ,
Qu'à la voir on dirait une vierge céleste ,
Et si son pied supporte un ravissant contour ,
Sur elle tomberont tous les regards d'amour !
Alors , honte et douleur ! car chacun de ses charmes
Est objet de trafic... Et qu'importent ses larmes !
Son père est sans travail et ses frères ont faim :
Il leur faut de l'argent afin d'avoir du pain !
Qui leur en donnera ? qui donc ? si ce n'est elle !
Oui, la beauté s'achète ! allons, puisqu'elle est belle,
Elle doit se livrer !... Un riche en est épris !
Qu'il ait la marchandise... il en offre un bon prix !
Le juif contre un trésor échange sa monnaie ;
C'est bien ! donnant, donnant : c'est juste, puisqu'il paie !

16.

Dans ces hideux marchés, c'est la mère, souvent,
Qui calcule combien peut valoir son enfant!...
Opprobre! dans ce monde elle vient pauvre fille,
Et la misère est là qui lui dit : sois gentille...
Sois gentille! deux mots, que l'horrible malheur
Lui traduit par ceux-ci : Désespoir! Deshonneur!...

Quand seule, en un grenier, elle est candide et sage,
Causant avec l'oiseau qu'elle tient en sa cage,
Sans soucis, sans chagrins, sans tourments, sans désirs,
Flurs, chansons et travail, voilà ses seuls plaisirs!
Tête nue et bras nus : un court jupon de toile
Laisse libre son sein qu'un simple fichu voile.
Laborieuse et gaie, elle dort en priant :
Elle a de douces nuits et se lève en riant.
Rien ne trouble sa paix, rien n'attriste sa joie!
Mais toujours près d'un nid se tient l'oiseau de proie ;
L'abeille fuit en vain le frelon menaçant,
La paquerette meurt sous le pied du passant.
Oh! qu'elle sorte un jour, naïve et gracieuse,
Calme dans l'innocence et du mal oublieuse
Elle entendra bondir sur ses pas un Lion,
Fat ganté, parfumé, l'œil couvert d'un lorgnon,
Qui, d'une bouche impure, avec un souffle infâme.
D'un venin corrosif viendra souiller son âme.
Il l'enivre, il l'étreint, il entrave ses pas

De mots harmonieux qu'elle ne connaît pas.
Il brûle du regard la blanche fille d'Eve ;
Serpent, il la fascine ; il la tente ; elle rêve !...
Ingénue, ignorant qu'il lui sera donné,
De l'arbre qui fleurit, un fruit empoisonné,
Et que d'un gazon vert la fange où le pied glisse,
Recouvre les parois d'un affreux précipice,
Que le soleil aussi qui vient nous éblouir,
Fane et courbe la fleur qu'il fait épanouir !
La vierge hésite et laisse effeuiller sa couronne
Par l'archange trompeur qui rit... et l'abandonne !

IV

Quoi ! n'ont-ils pas assez , dans leur désir brutal,
Les libertins poussés par un simounn fatal ,
De ces femmes sans frein, folles , échevelées ,
D'un obscène et faux Dieu prêtresses dévoilées ,
Qui s'en vont , par brevet , ramper au boulevard ,
Où leur luxe s'étale en bijoux de hasard ?
Non : ces femmes, pour eux, ce ne sont plus des femmes;
Près d'elles, de l'amour : ils étouffent les flammes ;
Et pourtant il leur faut , dans leur oisiveté ,
Quelque chose à ternir !... Pour eux la pureté
Doit être une rosée enfin qui rafraîchisse
Leur poitrine sans cœur , brûlant foyer du vice.

V

Pauvre, elle succomba ; son front triste et penché
Sur son sein, comme un lys par l'ouragan couché.
Frêle tige au printemps que brise la raffale !...
Plus rien.. que les sanglots qu'avec peine elle exhale !
Ce qui fait le bonheur fut pour elle un écueil.
Elle appelle la mort et sa vie est un deuil.
L'existence, à ses yeux à perdu son prestige ;
Dans sa tête bouillonne un incessant vertige.
Elle cherche, plongée en de cruels ennuis,
Le calme de ses jours ; le repos de ses nuits.
On la pend à la croix, où l'abandon la cloue,
Avec la plaie au cœur et l'affront à la joue !
Elle est sans force, alors, pour repousser le fiel
Que lui donne la terre, et pour prier le ciel !...
. . . .
. . . .

Tout à coup, s'arrachant à cette lutte vaine,
Elle se vend !... hélas !... chaque soir elle traîne
Ses appas revêtus des plus vils oripeaux,
Fait ricaner le mal sous la soie en lambeaux,
Se corrompt au bourbier de ces beautés dociles,
Qui font, pour quelques sous, des voluptés faciles ;
Puis, reine de la rue, elle a pour piédestal,
A ses derniers moments, le lit de l'hôpital !...

VI

Qui de vous, le premier, lui jettera la pierre,
Quand vous verrez des pleurs couler de sa paupière
　　　Sur ses charmes flétris?
Oh ! qui de vous viendra lui cracher au visage ?
Non, vous ne pourrez pas lui verser au passage
　　　La honte et le mépris !

En la voyant trembler sous ses riches guenilles,
Faites briller sur elle, heureuses jeunes filles,
　　　Un regard de douceur.
Ayez au moins pitié pour la pâle exilée,
Jetez quelques rayons sur sa sombre vallée,
　　　Car elle est votre sœur !

Chaque heure de sa vie est une rude épreuve,
Et lorsque le malheur d'amertume l'abreuve,
　　　Ne la maudissons pas.
Aimons-la d'un amour qui toujours purifie,
De cet amour enfin que le ciel sanctifie ;
　　　Ouvrons-lui tous nos bras.

VII

Et toi qui l'as perdue : en tes heures d'orgie ,
Combien de fois, dis-nous, sur ta face rougie ,
As-tu senti frémir des baisers dévorants
Qui font qu'on a vécu quand on n'a pas vingt ans ?
A la lueur du punch, ris-toi de tes victimes !
Choisis pour tes plaisirs ce qu'on nomme des crimes !
Dans l'ignoble débauche, engloutis chaque nuit !
Marche, aveugle, à l'abîme où l'excès te conduit !
Vautre-toi, misérable, en d'immondes sentines !
Dissipe, avec ton or, tes heures libertines !
Ravale-toi plus bas qu'un abject animal !
Use et salis tes jours aux cloaques du mal !
Mais prends garde : bientôt, de sa main décrépite ,
Arrachant les cheveux de ta tête maudite,
Un fantôme étendra sa livide couleur
Sur ton corps frissonnant, sur tes chairs sans chaleur.
Il te fera crisper, pantelant d'insomnie,
Sous la morne stupeur aux noirs remords unie ;
Tordra dans la torpeur tes membres engourdis,
Et rongera tes os rompus et refroidis.
Quand il aura bien vite élargi le cratère
De ton œil qu'il éteint pour le remplir de terre :

Tu resteras broyé dans un dernier effort !
Prends garde ! ce fantôme, il est là : C'est la mort !
C'est la mort qui survient quand paraissait la vie,
Toi jeune ! toi brillant ! toi qui faisais envie !
Insensé, c'est la mort avec le châtiment !
Tu cherchais le plaisir, tu trouves le tourment ;
Tu donnas la douleur à qui voulait la joie :
Couvre-toi du linceul que le vice déploie !
Il te fallait des nuits longues, au jour lointain !
Eh bien ! es-tu content ! la mort est sans matin.

ENVOI

Toi par qui dans ce jour mes chants se font entendre,
Toi qui m'as inspiré, toi douce, bonne et tendre,
Reste dans ta candeur et dans ta chasteté,
Car, vois-tu, l'innocence est la seule beauté.
Mais le malheur commence où finit la sagesse ;
Laisse sous la pudeur éclore ta jeunesse.
Oh ! sois humble toujours ! toujours on t'aimera !
Aime d'un pur amour, et Dieu te bénira.

A ELLE

Je ne dois pas t'aimer, car le monde railleur
Livrerait ta jeunesse aux écueils du malheur.
Martyrisant ta vie et torturant ton âme,
Il ne ferait de toi qu'une impudique infâme.
C'est qu'il est parmi nous beaucoup d'hommes, vois-tu,
Qui, sceptiques moqueurs, doutent de la vertu ;
Car cette sainteté, que plus d'un répudie,
Sur leur esprit flétri, non, jamais n'irradie.
Vils, corrompus, sans foi, mais dignes de pitié,

Rien n'est sacré pour eux, pas même l'amitié.
Ils refusent de croire à la vierge modeste,
Qui conserve ici-bas son empreinte céleste.
Si mon amour cherchait à s'attirer le tien,
Si ton bras s'appuyait à mon bras pour soutien,
Alors, bientôt sur toi jetant la flétrissure,
Ils ouvriraient ton cœur d'une large blessure.
Montrant l'impureté dans ton œil virginal,
Ils noirciraient tes jours de leur souffle infernal.
Ainsi, chaste affligée, avec ignominie,
Pure, tu souffrirais l'impure calomnie.
Oh! moi, qui sais les pleurs qu'il faut verser un jour,
Je crains, même en livrant ta pensée à l'amour.

Je ne veux pas t'aimer, et pourtant, à ta vue,
Un vif tressaillement, une ardeur inconnue,
Lancent mon cœur vers toi, font bouillonner mon sang;
Inondé de clartés, ton regard si puissant,
Emportant ma raison, sur mon âme asservie
Verse des flots brûlants, où s'engloutit ma vie.
Avec égorgement toujours je suis tes pas,
Loin de toi je te cherche et te nomme tout bas;
La jalousie, enfin, en des heures de crise,
Enlève l'espérance à mon cœur qu'elle brise;
Et pour moi le bonheur n'est qu'un tourment sans toi!
Je t'aime follement, hélas! pardonne-moi.

Je t'aime, tu le sais, bel ange de la terre ;
Mais toi, pour qui l'amour est encore un mystère,
Toi, qui portes au front brillant de pureté ,
Innocence, candeur, pudeur et chasteté :
Prépare-toi, bientôt l'heure sera venue
Que ton esprit saisi d'une force inconnue ,
Fera bondir ton sein dans un transport soudain ;
Qu'il te faudra lutter contre le flot mondain :
Heure où la passion au cœur se vaporise,
Où l'on reste en tremblant, jeune fille indécise,
Entre les mots d'amour et le besoin d'aimer ;
Où l'on sent un tourment qui sait aussi charmer.
Dieu l'a voulu : L'amour est le soleil des femmes,
Si des larmes souvent se mêlent à ses flammes,
C'est qu'il en est ainsi des femmes et des fleurs !
A la fleur la rosée , à la femme les pleurs !
Aime donc ; n'es-tu pas jeune, belle et chérie ?
Et, qu'importe, après tout, que le monde en furie
S'excite à profaner tes pudiques appas !
Je veillerai toujours pour entraver ses pas.
Laisse s'ouvrir ton cœur tout rempli de délices
Qu'un sourire divin m'en offre les prémices ;
Que ta lèvre ait pour moi de ces mots enivrants
Que l'âme dit à l'âme aux plus heureux instants :
Marchant ensemble, alors, dans la terrestre voie,
Je serai ton bonheur et tu seras ma joie.

TOUJOURS A TOI

Reçois donc ma pensée,
Triste d'ailleurs,
Qui comme une rosée
T'arrive en pleurs.

VICTOR HUGO.

Toi si jeune et déjà dans la tombe enfermée,
Ange que j'adorais !
Si tu voyais, hélas ! ma douce bien aimée,
Mes pleurs et mes regrets,
Tu gémirais encore en la funèbre couche,
Où pour moi désormais

Tu ne laisseras plus éclore sur ta bouche
  De sourires jamais!
Que faire maintenant au milieu de la foule,
  Où tu m'as laissé seul?
Mais que faire? mon Dieu! près de moi tout s'écoule,
  Froid comme ton linceul!
Toujours souffrir, errer, courir après une ombre,
  En lui tendant les mains;
Puis aller fléchissant sous mes douleurs sans nombre
  Pleurer par les chemins.
Plus de bonheur, plus rien!... dans ma vie orpheline
  L'espérance a passé!
Et je sens la douleur qui sur mes jours incline.
  Ton cadavre glacé.
Oh! mourir à vingt ans, aux heures fortunées
  Où l'amour est si beau;
Etre aimée, et livrer ses brillantes années
  Au gouffre du tombeau!
Non, non, le mal sur toi n'a jamais eu d'empire
  Tu n'as fait que le bien;
Tu répandis la joie à mon cœur qui n'aspire
  Qu'à retrouver le tien.
Oui, tu fus sage et bonne, et je te vis heureuse,
  Je te parlais tout bas.
Nous marchions enlacés!.. la mort vite est venue
  Briser nos rameaux verts;
T'emportant de mes bras, elle t'a mise nue

Pour te jeter aux vers.
Alors on alluma la lampe funéraire
Près de ton œil terni.
On recouvrit ton corps avec un peu de terre,
Et puis tout fut fini !..
Non, tout n'est pas fini : le Dieu qui fit le monde
Selon sa volonté,
Ne lui donna-t-il pas, dans sa bonté profonde,
L'âme et l'éternité !

UNE MÈRE QUI A VENDU SA FILLE

> La plus abjecte entre les plus infâmes.
> VICTOR HUGO.

> Vous ne la plaignez pas, vous, mères de familles
> Qui poussez les verrous aux portes de vos filles,
> Qui cachez un amant sous le lit de l'époux.
> ALFRED MUSSET.

> Dans ces hideux marchés, c'est la mère, souvent,
> Qui calcule combien peut valoir son enfant !
> L'AUTEUR.

Ta fille, ton enfant, tu l'as sacrifiée !
Le ciel pour la vertu te l'avait confiée,
Cette vierge sans tache, espoir de ta maison !
Il aurait mieux valu lui changer en poison

Le lait des premiers jours et le sel du baptême,
Que de la laisser vivre ainsi pour l'anathême ;
Car le monde, ignorant ton ignoble trafic,
La fouette sans pitié de l'opprobre public.
L'affront flagellateur, qui pourtant n'atteint qu'elle,
Doit retomber sur toi, lâche autant que cruelle,
Sur toi qui, profanant sa belle chasteté,
Fis ton dur égoïsme agent d'impureté.
De quel droit, abusant d'une sainte puissance,
As-tu donc, sans respect pour sa douce innocence,
Escompté sa pudeur, dont tu reçus un prix
Auquel se mêleront l'insulte et le mépris ?
Quoi ! ne pensais-tu pas, dans ce commerce étrange,
Qu'il te faudrait encor abdiquer en échange
L'honneur, bien inconnu de ta cupidité ?
Hé quoi ! rien, de ton sein d'amour déshérité,
N'est allé retentir au fond de tes entrailles,
Comme lorsqu'on entend un glas de funérailles ?
Non ! tu n'as pas compris, en vendant sa beauté,
Que le titre de mère est une royauté
Dont une fille pure est la seule couronne ;
Va, ton crime n'est pas de ceux que l'on pardonne !

Est-ce pour contenter de vicieux désirs,
Est-ce pour satisfaire au besoin des plaisirs,
Que tu jetas au mal sa candeur souriante,

Sa fraîcheur, sa jeunesse et sa grâce attrayante ?
Si vous manquiez alors de travail et de pain
Il fallait mendier, plutôt, mourir de faim ;
La mort au déshonneur est toujours préférable !
Tu ne connais ni loi, ni devoir, misérable !
Tu l'as poussée, hélas ! et traînée au ruisseau.
Pourquoi ne l'as-tu pas étouffée au berceau ?
Exposée aux fureurs d'une existence amère,
Ta fille ne sait pas ce que c'est qu'une mère !
Honte à toi ! honte à toi ! tu l'as livrée... horreur !
Monstre qu'on ne saurait regarder sans terreur !
Oui, monstre, et de quel nom veux-tu que l'on te nomme !
Qui croirait que tu fus la compagne d'un homme ?
Aucun être jamais te fut-il vraiment cher,
Puisque tu l'as souillée, elle, chair de ta chair,
Victime abandonnée à des luttes terribles ?
Oh ! lorsqu'après des jours et des nuits plus horribles,
Le malheur sur sa vie aura marqué son pli,
Lorsque, les yeux voilés, le visage pâli,
Elle se roulera sur le lit de misère
Offert aux malheureux que l'hôpital enserre !
Avec peine agitant ses deux bras frémissants,
Réunissant sa force à ses derniers accents,
Elle soulèvera sa tête de martyre,
Pour te repousser, toi, sa mère ! et te maudire !
Alors tu gémiras dans ton abjection !
Aiguillon de douleurs, sa malédiction

Te poursuivra partout ! Car toute chose impie
Tôt ou tard, ici-bas, par des tourments s'expie.
Sous d'impuissants regrets tu te consumeras,
Et dans le repentir en vain tu pleureras ;
Mais qu'est-ce que des pleurs pour une flétrissure ?
Contre tes maux cuisants, contre ta meurtrissure
Tes larmes, tes sanglots resteront sans pouvoir.
Les soucis dévorants, le morne désespoir
Graveron sur ton front, où le vice s'imprime,
Ton forfait exécrable et que nul mot n'exprime !
Plus de repos ! plus rien ! que le souci rongeur
Qui couvrira, parfois, d'une faible rougeur
Les traits décolorés de ta face blêmie !
La souffrance, souvent, suit de près l'infâmie.
Tes doigts se crisperont sur ta poitrine en feu ;
Tour à tour, blasphémant, et puis invoquant Dieu
Tu te reconnaîtras au milieu des tortures,
La plus vile parmi les viles créatures !
Tordue et déchirée aux griffes des remords
Tu ne pourras mourir sans souffrir mille morts ;
Une voix incessante, en ton cœur, en ton âme,
Te criera nuit et jour : Infâme ! infâme ! infâme !

UN JOUR QU'ELLE ÉTAIT MALADE.

> Deux étions et n'avions qu'un cœur.
> Et moi je ne vois rien quand je ne la vois pas.
>
> MALHERBE.

Puisque la maladie a fait pâlir ta lèvre,
Puisque ton œil d'azur est terni par la fièvre,
Laisse-moi te chanter les chants du souvenir,
Redire le passé, rêver dans l'avenir ;
Relève à mes accents ta paupière abaissée,
A mon souffle d'amour réveille ta pensée.

Oh ! tu le sais, l'amour c'est l'enfer et le ciel,
La joie et la douleur ; c'est l'absinthe et le miel ;
C'est une extase sainte, un désir, un délire,
Un dictame, un poison ; un parfum qu'on respire
Le matin et le soir, et le jour et la nuit,
Et dans l'eau qui s'écoule, et dans le vent qui fuit.
Aimer, oh ! n'est-ce pas la volupté suprême ?
Qu'il est doux, qu'il est bon, d'être aimé quand on aime !
D'être seuls au milieu du monde et n'avoir plus
Que des enivrements qui font croire aux élus ;
N'avoir qu'un souffle à deux, n'avoir qu'une pensée :
La tête sur un sein tendrement reposée,
Sentir son cœur bondir d'un transport délirant,
Frémir sous le bonheur et sourire en pleurant.
A ce charme enchanteur, les noirs chagrins s'effacent,
Les lèvres, les cheveux, les mains, les cœurs s'enlacent,
Alors, dans un baiser, l'on se dit bas, tout bas,
Des mots que l'on comprend mais que l'on n'entend pas ;
Des mots harmonieux comme ceux, bien-aimée,
Que modulait ton âme à ma bouche enflammée,
Lorsque, sans nul témoin, dans les sentiers discrets,
Vers le ciel seul, la brise emportait nos secrets.
Te souvient-il des jours de félicités vraies
Où tout était amour ? les bois, les champs, les haies,
Avaient pour nous, bien loin des regards curieux,
D'enivrantes senteurs, des bruits mystérieux.
A l'heure où le soleil sourit à la colline,

Quand sous l'insecte ailé l'herbe tremble et s'incline,
Nous restions oublieux près du petit ruisseau
Dont les cailloux luisants font une île, où l'oiseau
Cherche, à midi, le frais, au fond de la vallée.
Sur ta prunelle, ainsi qu'une fleur emperlée,
J'aspirais de doux pleurs, et sur les miens tes yeux
Scintillaient aux éclairs de mes regards joyeux.
Palpitante, égarée et folle, et frémissante,
Je t'enchaînais à moi d'une étreinte puissante !
Dans ces moments, où l'âme à l'âme vient s'unir,
On est heureux de vivre et l'on voudrait mourir !
Nos lèvres s'attiraient, puis sur mon cœur, ta tête
Retombait languissante !... oh ! si j'étais poète
Comme celui qu'un jour nous lisions à genoux,
Tandis qu'un vent léger, murmurant près de nous,
Jetait tes longs cheveux sur ma poitrine ardente !...
Oh ! si j'avais la voix de Pétrarque ou de Dante,
Si j'avais le pinceau du divin Raphaël,
Dans les siècles ton nom s'en irait immortel !

Seul et triste la nuit, à l'heure des fantômes,
Le front dans mes deux mains et penché sur des tomes,
Je me berce, insensé, d'un espoir décevant,
Je rêve et crois entendre à mes côtés, souvent,
Comme dans les rameaux, le frôlement d'une aile,
Un long tressaillement... alors, je me rappelle

Ces baisers, quelquefois doucement défendus,
Pris, donnés et reçus, repris et puis rendus ;
Je nous vois, au départ, pour caresse dernière,
Nous dire adieu longtemps et marcher en arrière !
Oh ! vois-tu : c'est ainsi qu'au déclin de nos ans
Nous nous ranimerons à ces tableaux charmants ;
Car on aime à revoir tout ce qui faisait vivre,
Et feuillet par feuillet on retourne le livre.
Mais lorsqu'avec regrets l'on remonte au passé,
Cherchant à retrouver tout ce qu'on a laissé,
Ce qui brille surtout, au soir de la vieillesse,
C'est un rayon lointain d'un amour de jeunesse.
Aujourd'hui, pâle et faible, arrachée à mes bras,
Souviens-toi, mais espère !... oh ! tu me reviendras,
N'est-ce pas ? pour toujours tu ne m'es point ravie ;
Nous avons devant nous la jeunesse et la vie !
Le Seigneur fit éclore, en te mettant au jour,
La beauté dans tes yeux et dans ton cœur l'amour.
Tu m'as donné ces biens, et malgré la souffrance
Je les conserverai, va ! j'en ai l'espérance ;
Mais, enfin, si le mal doit rester le vainqueur,
Qu'il prenne ta beauté, qu'il me laisse ton cœur.

ABANDON

Dans ce lieu solitaire où je pleure en silence,
Le vent du soir gémit,
Et je sens sous mes pieds, quand lentement j'avance
Le sable qui frémit.
Je m'arrête et j'attends ; et ma tête pesante
Retombe sur ma main ;
Une ombre fugitive à mes yeux se présente,
Et j'y cours, mais en vain.

J'entends l'oiseau de nuit qui fouette de son aile
    Les grands arbres feuillus !
Quoi , suis-je abandonnée ? Oh ! ne suis-je pas belle ?
    Non , je ne le suis plus :
Quand la vertu s'en va , nulle beauté ne reste ,
    Et la vierge à son front
Doit conserver toujours l'auréole céleste ,
    Que n'atteint pas l'affront.
Oh ! crois-moi, mon enfant, qui vois couler mes larmes,
    Je fus joyeuse aussi ;
Lorsque pure à tes yeux j'abandonnais mes charmes,
    Rieuse et sans souci.
A la coupe d'amour voulant boire une goutte
    Je bus et m'enivrai ;
Un homme , trop aimé , m'égara dans sa route,
    A lui je me livrai.
Et puis il m'a quittée et maintenant je pleure ;
    Oh ! l'ingrat, je l'aimais ,
Mais pour m'être sentie heureuse à peine une heure :
    Malheureuse à jamais !
Puisses-tu vivre, toi , charmante jeune fille ,
    Sans connaître l'amour ;
C'est une flamme , hélas ! qui dévore ; elle brille ,
    Mais ne brille qu'un jour.

✱✱✱✱✱✱✱✱✱✱✱✱✱✱✱✱✱✱✱✱✱✱✱✱✱✱✱✱✱✱✱✱✱✱

DU MARDI GRAS AU MERCREDI
DES CENDRES

Tel qui rit vendredi, dimanche pleurera.

RACINE. — *Les Plaideurs.*

C'était le soir du Mardi-Gras,
Et depuis un an, ma chérie,
Nous nous aimions et n'avions pas
D'autre plaisir en cette vie
Que de nous répéter tout bas
Ou tout haut, suivant notre envie :
« Viens, mon ami, viens dans mes bras ! »
« Je t'adore, ô ma belle amie ! »

J'avais épuisé le bonheur...
Quand je voulus ravoir mon cœur
Hélas ! il n'était plus que cendre !
L'almanach nous l'avait prédit :
Après être monté mardi,
Il faut, le mercredi, — descendre !

✝✝✝✝✝✝✝✝✝✝✝✝✝✝✝✝✝✝✝✝✝✝✝✝✝✝✝✝✝✝✝✝✝✝✝✝

PROFESSION DE FOI

Quand Pétrarque aima Laure, il chantait son délire,
Et l'on ne prétend point qu'il ait perdu son temps.
Moi, j'adore Amélie, et je prétends le dire ;
C'est elle qui fleurit de roses mon printemps !

Aussi, dès que l'Aurore aux vagues rayons blancs
Vient froler mes rideaux, tout joyeux je respire,
Je m'éveille et je dis : Oui, c'est à vingt-cinq ans
Que la vie est meilleure et qu'il fait bon de rire !

Docteur, que fais-tu là? Moi? j'accouple des vers.
— N'as-tu pas honte, ami, d'un semblable travers?
Aujourd'hui la science est bien mal enseignée!...

Hippocrate t'appelle! Apollon, défends-moi,
Et montre à ces esprits, qu'aveugle un sot émoi,
Qu'un mauvais vers vaut mieux qu'une bonne saignée.

RESTITUTION D'UN MOUCHOIR

MARQUÉ H. B.

Je vous le rends, votre mouchoir :
Rassurez-vous, Mademoiselle,
Et s'il doit se poser sur l'aile
D'un nez coquet, qu'il aille choir
Sur le vôtre — charmant perchoir
Que j'envierais à sa dentelle.—
Quant à moi, sur une ficelle,
J'en ai douze ou quinze au séchoir.
S'il eût porté vos initiales,
Ecrites en lettres royales,

Vous ne l'auriez jamais revu.
Mais H. B. veut que l'on soit sage...
Vous constaterez « de visu »
Que je n'en ai point fait usage.

A Mme MATHILDE M.

Vous voulez un sonnet de moi, chère madame..
Mais nous autres, docteurs, passons pour indiscrets ;
Sous prétexte de vers, on nous dit toujours prêts
A disséquer le corps pour déshabiller l'âme.

Je sais ce que de moi votre beauté réclame :
Vous voulez dans mes vers retrouver vos portraits ;
Mais qui sait ce qui luit dans un regard de femme ?
Or, pour vous peindre, il faut connaître vos secrets.

Je ne sais rien de vous et je n'en puis rien dire ,
Sinon que votre bouche est le nid du sourire.
J'en rêvais l'autre soir... et quand je rêve ainsi ,

Un vers d'Augier s'éveille en ma mémoire et chante.
Ce vers , naïf et doux , madame, le voici :
Elle est charmante , elle est charmante, elle est charman

A LA MÊME

*La poésie est comme le feu, qui purifie
tout ce qu'il touche.*

En vain vous confessez, madame, ingénument
La suspecte candeur d'une feinte ignorance.
Je ne me laisse pas tromper à l'apparence,
Et votre modestie, un peu perfide, ment.

Je ne suis qu'un poète, et savant, nullement ;
Entre ces deux noms-là grande est la différence ;
De vous mieux agréer j'avais eu l'espérance,
Et je regrette fort qu'il en soit autrement.

Mystification, dites-vous .. Fi, méchante,
Qui peut songer à mal quand un poète chante,
Et dans un vers naïf trouve presque un méfait !

O la mauvaise, à qui l'on ne peut plus rien dire
Cachez-moi cette lippe et riez, s'il vous plaît !
Je cesse de « sonner » si vous cessez de rire !

UN POÈTE INCOMPRIS

A LA MÊME

Puisque le mieux pour vous est l'ennemi du bien,
Et qu'à vouloir trop plaire, hélas ! on désoblige,
Puisque mon plaidoyer sur le mot en litige
Ne vous a point touchée et n'a servi de rien ;

Puisqu'un vers retapé vous a l'air d'un vaurien,
Et que vous trouvez mal, enfin, qu'on se corrige,
Je rentre sous ma tente et clos notre entretien ;
Adieu ! je ne suis plus votre poète-lige !

Croyez-moi , cependant, vous avez eu grand tort.
Si vous aviez tenté le plus petit effort ,
Le poëte eût été d'accord avec la muse. .

Mais l'accord est rompu ; rimeur désavoué,
J'ai le droit de bouder, comme vous — et j'en use.
Je n'en signe pas moins :

                    Votre tout dévoué.

A UN PRÊTRE.

ÉPITAPHE

Je sais bien qu'un homme d'Eglise
Qu'on redoutait fort en ce lieu ,
Vient de rendre son âme à Dieu ;
Mais je ne sais si Dieu l'a prise.

A UN JUGE D'INSTRUCTION.

Si cet officier de justice
Boit si souvent à ses repas,
Ami, ne t'en étonne pas,
Il ne vit jamais que d'épice.

ÉPITAPHE

Ci-git dans une paix profonde,
Cette dame de volupté,
Qui, pour plus grande sûreté,
Fit son paradis dans le monde.

UN MARI A SA FEMME

EN LUI PRÉSENTANT UNE BAGUE :

Du tendre amour accepte ce cadeau,
O toi qui de douceurs remplis ma destinée ;
Rosine, ne crains pas d'augmenter d'un anneau
La chaîne la plus fortunée.

CONSEILS A UNE DAME

QUI AVAIT TOUJOURS DE L'ACNÉ HERPÉTIQUE

A LA FIGURE.

Si, par hasard, pour argent ou pour or,
A vos boutons vous trouviez un remède,
Peut-être vous seriez moins laide,
Mais vous seriez bien laide encor.

ÉPIGRAMME.

A vouloir saisir tous vos traits
On perd son temps, je vous assure,
Car on ne parviendra jamais
A vous fixer, même en peinture.

SOUS UNE TONNELLE

Dans ce réduit, où l'amour en silence
Aime à rêver, en cessant de jouir,
Heureux qui vient avec une espérance,
Et s'en retourne avec un souvenir.

QUATRAIN

On passe par différents goûts
En passant par différents âges :
Plaisir est le bonheur des fous,
Bonheur est le plaisir des sages.

ÉPIGRAMME

Femmes ne sont que tourment,
Au moins jamais les meilleures
N'eurent que deux bonnes heures.
La noce et l'enterrement.

AUTRE

Ne pleurez plus pour votre perroquet :
Puisqu'il est mort, vos pleurs sont inutiles ;
La pauvre bête a laissé son caquet,
Par testament, à l'une de vos filles.

UN VIEILLARD ÉPOUSANT UNE

JEUNE DEMOISELLE

Quiconque a soixante ans vécu,
    Et jeune fille épousera,
S'il est galeux se grattera
    Avec des ongles de cocu.

AUTRE

Aimez, mais d'un amour couvert,
Qui ne soit jamais sans mystère ;
Ce n'est pas l'amour qui vous perd,
Mais la manière de le faire.

UN PHTHISIQUE

Par sa bonté, par sa substance,
Le lait de mon ânesse a refait ma santé
Et je dois plus, en cette circonstance,
Aux ânes qu'à la Faculté.

18

AUTRE

On entre, on crie,
Et c'est la vie.
On crie, on sort,
Et c'est la mort.

A deux Etudiants qui étaient venus passer
une soirée d'hiver chez moi.

Dans cette maison où je couche,
Fumez, si vous voulez, vos pipes à deux sous,
Mais ne faites pas de bruit, car la femme d'en-dessous
Accouche.

Un prêtre qui aimait une demoiselle,
Mlle Secousse, et disait à un autre prêtre :

Dieu me préserve de l'enfer !
Je sens que le diable m'y pousse,
Et, pour m'y faire culbuter,
Il ne faudrait qu'une Secousse.

UN AMANT INCONSTANT

D'UNE DAME MARIÉE

Pourquoi vous affliger ?... Moi je me sens tranquille,
Je n'ai plus dans mon sein cette flamme inutile,
Cet amour dévorant qui me suivait partout.

Pourquoi me fuyez-vous ? pourquoi votre sourire
A-t-il tant d'amertume ? Avez-vous oublié
Que dans mes yeux vos yeux ont dû cesser de lire
La joie ou la douleur ?... Restez ; je ne désire
Ni vos soins ni votre pitié.

De votre amour d'un jour mon âme consolée
Ne garde déjà plus qu'un vague souvenir.
J'ai vu l'onde souvent par l'orage troublée :
Mais, plus pure et plus calme, à sa rive isolée
   Toujours je la vis revenir.

Et ne savez-vous pas que, de fleurs couronnée,
Dans le bal la première on me voit chaque soir ?
Je danse ; et qui peut dire : « Elle est abandonnée, »
Quand, d'un essaim joyeux sans cesse environnée,
   Je souris à tout sans rien voir ?

J'ai changé ma parure, et rien ne parle, en elle,
D'un amour oublié désormais de tous deux.
Vous ne me verrez point essayer d'être belle :
Des fleurs que vous aimiez, pas une ne rappelle
   Des jours que vous disiez heureux.

Vains ornements brisés comme le fut mon âme,
Personne, en vous voyant, ne dira près de nous :
« Voyez, elle aime encore ! et de lui, pauvre femme !
C'est un regret qu'ici sa parure réclame ?... »
   Personne, non, pas même vous.

Venez ; et si ma main, dans ces lieux de folie,
Rencontre par hasard votre infidèle main,
Qu'elle ne tremble plus : depuis longtemps j'oublie
Qu'elle avait essayé de m'ouvrir dans la vie
   Un paisible et riant chemin.

Le soir, quand près du feu je m'assieds inactive,
Ne croyez plus qu'alors, au bruit léger d'un pas,
Je me surprenne encore, ou joyeuse, ou craintive,
Restant par habitude à ce bruit attentive :
   Il passe... et je ne l'entends pas.

Je prie, et désormais de mon humble prière
Mes souvenirs d'amour ne troublent plus ma foi ;
De vos lettres aussi quand je prends la dernière,
Je puis, sans la froisser, la lisant tout entière,
   Oublier qu'elle était pour moi.

On m'a dit, et sans doute on ne m'a pas trompée,
Qu'entraîné vers une autre, et tout à son amour...
Pourquoi rougissez-vous ? je m'en suis occupée
Comme d'une nouvelle à la foule échappée,
   Et que je redis à mon tour.

D'être jalouse encor, je n'ai plus la folie,
Et je puis avec vous d'elle parler toujours.
Elle... ce n'est plus moi... N'importe elle est jolie ;
Et, sûre d'un bonheur que partout on publie,
   Elle vous sourit tous les jours.

Je la plains si l'amour devient son existence :
Car alors, pauvre folle, elle aussi vous croira !...
D'un sourire à des pleurs bien courte est la distance ;
Et, plus faible que moi, pleurant votre existence,
   Bientôt peut-être elle en mourra.

Que dis-je ? elle est sans doute, ayant su vous séduire,
Et coquette et légère ; et c'est elle qu'un jour,
D'un bal où je restai, je vous vis reconduire :
Elle vous souriait... mais j'ai dans ce sourire
   Cru voir plus d'orgueil que d'amour.

Si son cœur, plus léger que le vôtre peut-être,
Allait vous révéler tout ce qu'on peut souffrir
Lorsque, longtemps aimé, l'on a cessé de l'être !
Si vous alliez par elle apprendre à les connaître
   Ces longs tourments qui font mourir !

9e vers, lisez : *votre inconstance.*

Vous maudirez alors votre folle inconstance ,
Et près de moi peut-être... Ah ! pardon, j'oubliais
Qu'étrangers l'un à l'autre, aucune circonstance
Ne peut nous entraîner à franchir la distance
       Qui nous sépare pour jamais !

LAISSEZ-MOI PLEURER

> Aimer, c'est là tout vivre.
>
> SAINTE-BEUVE.

Ah ! que le jour est beau !... que ses flots de lumière
Fatiguent mes regards et mon cœur inquiet ....
L'amour, l'espoir, la foi, tout fuit, tout est muet.
Que je souffre, ô mon Dieu ! je prie, et ma prière
Se perd en une idée... Une seule... est-il mort ?...
Oh ! que ma faible voix jusqu'à son cœur parvienne,
Et puisse l'animer par un dernier effort !
Mon Dieu, prenez ma vie, ou conservez la sienne :
J'accepte tout, pourvu que son sort soit mon sort !

Car je l'aime, oui, je l'aime, et je fus insensée...
Mais devait-il me croire ? Ah ! j'avais tant souffert !
Mon Dieu, pitié pour moi, car mon orgueil le perd !
Et le monde, le monde, avec sa voix glacée,
Autour de moi dira : « Tu ne dois pas pleurer ! »
Et qui donc pleurerait ?.. Qui m'aima comme il m'aime ?
Qui plus que lui jamais souffrit sans murmurer ?
Je ne dois pas !.. Vains mots, qui sont presqu'un blasphème
Autour de moi mourez, et laissez-moi pleurer.

Mais que dis-je, ô mon Dieu ! je ne sais rien encore !
Oh ! cela ne se peut ! qui donc l'aurait voulu ?
Ce n'est pas vous, mon Dieu ! car vous seul avez lu
Dans mon âme brisée, et tout ce qu'il ignore,
Mon Dieu, vous le savez !.. Mes larmes, mes combats,
Vous ont demandé grâce : et votre voix suprême
M'a redit dans les pleurs, me consolant tout bas :
« Enfant, ton Dieu d'amour ne défend pas qu'on aime ! »
Et ta voix, ô mon Dieu ! ta voix ne trompe pas.

NON, JE NE VOUS HAIS PLUS

Puisse Dieu pardonner comme, hélas! je le fais!
Car je ne vous hais plus, car mon âme est en paix.
L'amour, qui, malgré moi, seul avait fait ma haine,
A force de pleurer, dort si bien dans mon cœur,
Qu'il ne distingue plus la douleur du bonheur!
Adieu, source tarie et de joie et de peine!

Adieu, beaux jours d'espoir, souvent sans lendemain!
Adieu, longs jours d'attente, où j'attendais en vain!
Et vous tous, jours pour moi plus douloureux encore,
Où je n'attendais plus!... le temps a refoulé
Les larmes et les cris en mon cœur désolé...,
Et ce que j'ai souffert à présent je l'ignore!

Non, je ne vous hais plus.... Et pour vous quelquefois,
Dans mon âme isolée il s'élève une voix :
Elle me dit : Oublie ! et mon âme l'écoute...
C'est une voix amie, elle me vient des cieux,
Où tout aime et pardonne ; et souvent à mes yeux,
Au travers d'une larme, elle en montre la route.

Non, je ne voudrais pas, même aux prix de mes pleurs,
Echanger aujourd'hui mon passé de douleurs
Contre votre passé si plein de joie amère...
Non, je ne voudrais pas avoir à redouter
Ce moment où notre âme, à force de lutter,
Vient rendre compte à Dieu de sa vie ephémère !

Oh ! mieux vaut tout souffrir que d'avoir fait souffrir,
Que d'avoir desséché, sans pouvoir la tarir,
La source d'une vie à notre vie unie
Tant que ce fut pour nous ou bonheur ou plaisir :
Car le remords, tout lent qu'il sait à nous saisir,
Et ses jours de regrets et ses nuits d'agonie !

Peut-être avec mes pleurs vous êtes-vous tracé
Un chemin plus brillant ; peut-être le passé
A votre cœur, flétri bien longtemps avant l'âge,

Rend-il encor parfois quelques pensers d'amour !...
C'est le luth détendu qui vibre sans retour,
C'est la fleur sans parfum qui survit à l'orage.

Que la vie, en son cours si morne désormais,
Passe entre vous et moi... jamais, oh ! non, jamais,
Le cœur qui vous aime ne saura vous maudire !
Soyez heureux sans moi, je ne m'en plaindrai pas ;
Et, de vous détournant et mon cœur et mes pas,
Mes pleurs ne viendront plus ternir votre sourire.

QUOI! C'EST VOUS!

Cet avenir était inévitable... Un tel
bonheur etait trop pour ce monde..
HUBERT SALADIN

Quoi! c'est vous!... vous ici!... je ne l'espérais pas!
Mon cœur a désappris le doux bruit de vos pas;
Mon regard ne voit plus, et ma voix s'est éteinte...
Ma voix, que vous aimiez, et dont la douce plainte
S'élevait jusqu'à vous, non pour vous accuser,
Mais pour vous implorer, ou pour vous excuser.
Que voulez-vous de moi?... Replié sur lui-même,
Mon cœur retrouve enfin, à cette heure suprême,
L'ombre de ce repos que vous m'aviez ravi!
Ce cœur qui si longtemps vous fut tout asservi,

Voyez, il ne bat plus... et ma main est glacée,
Ma main par votre main comme autrefois pressée...
C'est la mort, n'est-ce pas?... vous ne seriez pas là
Si tout ne vous disait : « C'est la mort, la voilà ! »
Oui, c'est elle en effet; elle a lu dans votre âme
Combien je vous gênais... et seule elle réclame
Et ce cœur et ces jours dont vous ne voulez plus !
Soyez heureux, suivez vos goûts irrésolus,
Abandonnez au vent, les pages les plus pures
De votre belle vie... Aucun de ces murmures
Que mon cœur exhalait en prières, en pleurs,
Ne reviendra troubler le cours de vos erreurs.
Plus de larmes d'amour, plus de vagues tristesses !
Sans peine et sans bonheur, vous aurez des maîtresses
Et n'aurez plus d'amie !... Oh ! si votre âme un jour,
Lasse de tant d'amours, qui ne sont pas l'amour !
Vient à se souvenir comme elle fut aimée :
Que la mienne, à jamais paisible et désarmée,
Vers elle et vers le ciel voulant vous attirer,
Se penche encor vers vous et vous laisse pleurer !

HÉLÈNE

Une mère à sa fille.

> Moi, je crois à l'amour, à la gloire, à la foi...
> Je crois à l'avenir immense.
>
> Mlle HERMANCE SANDRIN

— Approche, mon Hélène, et près de la fenêtre
Roule mon grand fauteuil.. là, bien, je vais m'y mettre;
    Assieds-toi : causons toutes deux.
Qu'as-tu donc? ta main tremble!..on dirait que d'avance
Ton cœur a deviné ce que de lui je pense :
    Hé bien ! défends-le si tu peux...

— Quoi donc? bonne grand'mère! et que puis-je vous dire
Je l'avoue... ce mot seul doit déjà vous suffire.
      Vous ignoriez que je l'aimais.
Lorsque vous l'accusiez,.. n'est-ce pas , bonne mère?
Et, s'il a des défauts , comme moi je l'espère ,
      Vous ne les connaîtrez jamais.

— Oui , tu l'aimes , ma fille... et c'est toute ma peine,
Car lui ne t'aime pas , toi si jolie , Hélène ,
      Toi , la gloire de mes vieux jours !
T'approches-tu de lui ? je le vois qui t'évite :
Parles-tu de danser ? jamais il ne t'invite :
      Et pourtant il danse toujours.

Il danse , et ses regards , ses discours , son sourire ,
A sa danseuse alors paraissant toujours dire
      Qu'elle est la plus belle à ses yeux ;
Mais sur toi , par hasard , quand son regard s'arrête ,
Loin de sourire encore , il détourne la tête ,
      Et son front devient soucieux.

Quoi ! tu ris.. Ah ! tant mieux ! je redoutais tes larmes..
Tu pourras l'oublier... L'inconstance a ses charmes ,
      Et comme moi tu l'apprendras ;

Car, sais-tu, mon enfant, ton histoire est la mienne;
Ma jeune âme était fière autant que l'est la tienne :
    Ce que j'ai fait, tu le feras !

— Moi, bonne mère ! oh ! non : il a toute ma vie,
Et j'ai tout son amour. De lui partout suivie,
    C'est où je suis qu'il est aussi.
Il m'aime tant!... — Vraiment, te l'a-t-il dit, ma fille ?
—Non.. mais si mon bouquet en tombant s'éparpille,
    Lui seul toujours le cherche ici.

Et puis quand il me voit, il tremble, il s'embarrasse,
Son regard incertain s'arrête dans l'espace,
    Et seule alors je le comprends.
A danser, dites-vous, jamais il ne m'invite :
Mais toujours à ma place, alors que je la quitte,
    Si je reviens, je le surprends.

Souvent aussi ma main, dans la danse égarée,
Se trouve dans la sienne, et doucement serrée,
    Répond à cet appel d'amour.
Souvent aussi ses yeux, à l'insu de lui-même,
Oubliés sur les miens, m'apprennent mieux qu'il m'aime
    Que s'il le disait tout un jour.

Souvent encor sa main, de crainte palpitante,
Poursuit autour de moi mon écharpe flottante,
      L'atteint, et sur son front joyeux
En tremblant la retient, la presse, la déploie,
Et, ne voyant plus qu'elle, il baise dans sa joie
      Les plis de son tissu soyeux.

Puis la danse bientôt de moi l'éloigne encore;
Mais il me quitte heureux d'un bonheur qu'on ignore.
      C'est alors... alors seulement
Que vous l'aurez pu voir sourire à chaque femme,
De ce souris distrait, qui s'échappant de l'âme
      S'arrête sur tout un moment.

Vous le verrez ce soir, vous le verrez, ma mère...
Oh! ne lui parlez plus avec cet air sévère
      Qu'il prend, je crois, pour du mépris;
Car il vous craint, ma mère, et n'ose vous apprendre
Ce qu'il essaie en vain de vous faire comprendre,
      Et que moi j'ai si bien compris!

De sa grand'mère alors baisant la vieille joue,
Et puis les blancs cheveux dans lesquels sa main joue,
      Le jeune fille dit tout bas:

— A notre église, un jour, je me rendais, ma mère,
Laissant, sur le chemin qui mène au presbytère,
    La seule empreinte de mes pas.

Tout-à-coup j'aperçois, assis sur une pierre,
Un enfant demi-nu, qui, pour toute prière,
    Me tendait sa petite main...
A sa jeune douleur une grâce enfantine
Mêlait un souris triste... et sa voix argentine
    Bien bas me demandait du pain.

Puis, au loin, me montrant le vieux toit qu'il habite :
» J'irai t'y voir, lui dis-je ; » et je jetais bien vite
    Sur ses genoux tout mon argent.,.
Et, comme en m'enfuyant je m'étais retournée,
    Il parlait au jeune indigent.

Oui, c'était lui, bien lui.. par un buisson cachée,
Je pus le voir longtemps... De son cou détachée,
    Sa chaîne sur l'enfant brillait,
Et touchant ses haillons, me paraissait plus belle :
« Garde-la, disait-il, tu me parleras d'elle...
    D'elle, enfant, qui sur toi veillait ! »

Mais , riant sans l'entendre , et l'œil encore humide ,
L'enfant sautait toujours ; car , pour être timide ,
  Il était alors trop heureux !
Et moi j'allais m'enfuir , tremblante d'être vue ,
Quand au pauvre petit , d'une voix plus émue ,
  Il dit : « Tu prieras pour nous deux ! »

Pour nous deux ! O maman !... ces mots pleins de tendresse
Je les entends toujours , je les redis sans cesse :
  Le soir je m'endors avec eux :
Dans mes rêves , la nuit , par eux je suis bercée ;
Et j'entends une voix , écho de ma pensée
  Dans le ciel prier pour nous deux.

Et maintenant, ma mère, Oh ! dites-moi qu'il m'aime !
Dites qu'à son amour croyant comme moi-même ,
  Vous voulez donner votre enfant.
— Assez , petite , assez !... et la vieille , attendrie ,
Sur ses yeux tout mouillés passant sa main flétrie ,
  Souriait d'un air triomphant.

LE GÉRANIUM

Dans ce monde où l'amour nous trompe et nous enivre,
Sans cesse nous voguons sur des flots agités,
Toujours vers l'avenir par l'espoir emportés ;
Nous ne vivons jamais, nous aspirons à vivre.

Oh ! cesse de languir sous mes pleurs, pauvre plante :
Courbe aux vents, comme moi, ta tige chancelante ;
Et, si tu me survis, oh ! ne plains pas mon sort :
La vie a le secret de faire aimer la mort !
Aux fêtes de ce monde, où tout trompe, où tout passe
Sur mon front, dans sa main trouveras toujours place.
Sois-moi fidèle encor ! Apaise de mon cœur
Les tristes battements ! Réveille sans douleur
Les rêves du passé ! Redis-moi dans leurs songes

Tous ces mots enivrants, doux tissu de mensonges
Auquel se prend le cœur, et qu'on appelle amour !
Mirage décevant, qu'affaiblit chaque jour,
Dans le deuil et les pleurs, comme toi, feuille à feuille !

Dernier et pur débris de nos rêves d'amour,
O toi, qui confondais si souvent, chaque jour,
Dans l'échange muet de tes feuilles froissées,
Nos baisers, nos soupirs, nos pleurs et nos pensées !.
Ne courbe pas ton front. Le soleil peut encor
Garder longtemps pour toi ses plus purs rayons d'or,
Et, si ta tige un jour se dessèche et succombe
Ah ! du moins que ce soit à l'ombre d'une tombe !
C'est là qu'il faut mourir ! C'est là qu'alors sur toi
Ses larmes couleront pour arriver à moi !

Oh ! cesse de languir sous mes pleurs, pauvre plante,
Courbe aux vents, comme moi, ta tige chancelante ;
Et, si tu me survis, oh ! ne plains pas mon sort :
La vie a le secret de faire aimer la mort !

A Mme MARIE D.

Le jour de sa fête.

> Je suis fait pour aimer.
> C'est l'amour qui fait vivre.

Comme l'abeille apporte à la ruche qu'elle aime
Et son miel et ses fleurs, j'apporte à vous mes vers,
Mes vers, enfants, d'un jour où vous seront offerts
Tant de cœur, tant d'amour, qu'à peine si moi-même
Je pourrai, jusqu'à vous me frayant un chemin,
Vous regarder sourire à tout ce qui vous aime,
Et presser en passant de ma main votre main…

4e vers, lisez : *Tant de vœux.*

e leur ai dit : « Allez, mes vers, allez près d'elle...
Vous ne serez l'objet d'aucun souris moqueur :
Ce que le cœur a fait se juge avec le cœur.
Allez : C'est l'amitié qui vous prend sous son aile ;
Cachez-vous dans son sein : lorsqu'elle abritera
Sous le brillant reflet de sa gloire immortelle,
Votre gloire éphémère ; on vous pardonnera. »

'armi tous les amis que votre voix accueille,
'n distingue avec peine un ancien d'un nouveau :
'ant vous avez bien su dans un même faisceau,
'omme fait un enfant des mille fleurs qu'il cueille,
Réunir tous les cœurs qui se donnaient à vous !
'est pourquoi vous voyez s'agrandir feuille à feuille,
a couronne qu'on vient tresser à vos genoux.

'encens et de succès doucement enivrée,
'ous faites de la vie une immortalité,
't d'avance imposez à la postérité
Un nom qui soit deux fois sa gloire consacrée...
Un nom qu'on vous légua pour unique trésor...
Un nom qu'à vos enfants, heureuse, idolâtrée,
  Vous léguerez plus grand encor.

19.

18ᵉ vers, lisez : *qui voit.*

Et deux anges du ciel , égarés sur la terre,
Vos filles , doux esprits d'harmonie et d'amour ,
Qu'on aime, ainsi que vous , un peu plus chaque jour
Nous révèlent souvent le pur et saint mystère
De votre front si calme et du souris joyeux
Qui glisse entre la peine et votre amour de mère,
Quand sur elles ici vous arrêtez vos yeux.

VERS MIS AU BAS DU PORTRAIT

DE Mlle YVANNE DE B***.

Oh ! temps, tu détruiras ce crayon enchanteur
Qui présente à mes yeux, à mon âme ravie,
    L'image de ma douce amie,
Mais ses traits sont gravés dans le fond de mon cœur,
    Ils y resteront pour la vie.

MADRIGAL

Les songes sont trompeurs, dit-on, charmante Claire..
Pour moi je croirai, désormais,
Qu'il en est quelques-uns de vrais,
Car j'ai rêvé, la nuit dernière,
Que vous étiez jolie et que je vous aimais.

✳✳

A MADAME C***

Ah ! Si j'ai pu , sans le vouloir ,
Envers vous , me rendre coupable !
Rose , en voyant mon désespoir ,
Resterez-vous inexorable ;
Si j'étais même dans le cas
De ces gens de sac et de corde...
Le proverbe ne dit-il pas :
A tout péché miséricorde.

AU ROI GUILLAUME

A Delaye.

Qu'elle est douce ta voix ! comme elle nous rappelle
Un poète chéri dont la guerre cruelle
      A fait un combattant.
Rien que dans l'art des vers tout le monde lui cède,
Nul autre plus que toi parmi nous ne possède
      La douceur de son chant.

Ta muse nous présente une aimable peinture
Du bonheur dont jouit la conscience pure
A l'ombre des autels.
Tu sais nous inspirer l'amour de la retraite
Et tu nous fais haïr par tes vers, ô poète,
Les plaisirs criminels.

Un poète chéri qu'une guerre criminelle
Oblige d'être absent.
Si le monde suivait tes conseils salutaires,
S'il osait aborder ces pieux monastères
Où Dieu règne à jamais,

Si tous les cœurs en proie aux vices tyranniques,
Des épouses du christ écoutaient les cantiques,
Ils trouveraient la paix
Et le voluptueux dirait: « fêtes mondaines »,
Je secoue aujourd'hui tout le poids de vos chaînes
Au pied de cet autel ;

Et des plaisirs bien courts suivis de la tristesse
Je préfère, ô mon Dieu, l'éternelle allégresse
Qui m'attend dans le ciel.

Alors l'ambitieux, exempt de soins frivoles,
Ne voulant plus brûler d'encens pour les idoles
      Qui durent un moment,
Saurait apprécier la promesse du monde,
Et de tous ces hommes fugitifs comme l'onde
      Connaîtrait le néant.

Et l'on ne verrait pas comme au siècle où nous sommes
Un monarque, un vieillard, dans de cruels combats,
Faire s'entregorger des multitudes d'hommes
      Pour conquérir d'autres Etats.

Son âge l'avertit que tout en lui succombe,
Mais il veut conquérir et conquérir encore;
Et quand déjà son pied touche au bord de la tombe,
      Il ceint une couronne d'or.

Il veut donc la porter dans les sphères divines,
Aux pieds du tribunal qui jugera les rois?...
Que lui dira le Christ, roi couronné d'épines,
      Dont le trône fut une croix?

De vêtements de deuil se couvrent bien des mères!
Où sont leurs fils? pourquoi tant d'enfants orphelins?

O Cain , qu'as-tu fait, qu'as-tu fait de tes frères?
    Réponds, quel sang souille tes mains?

Tu voulais un bandeau , couronne impériale ,
Oui , tu la garderas, monarque éprouvé ;
Tu ne pourras jamais l'ôter de ton front pâle
    Où mon anathëme est gravé.

Le prix de ton forfait deviendra ton supplice.
Tu croyais être sûr de ton impunité ,
Maisl e jour est venu, le jour de ma justice ,
    Sois maudit pour l'éternité !

Mais où va m'égarer le zèle qui m'enflamme ,
O poète ; vois-tu , tes vers font dans mon âme
    Naître un ardent courroux :
Tu me montres la paix que Dieu donne aux fidèles
Et je pense aux mortels , hélas ! ingrats , rebelles
    Envers un Dieu si doux.

Ne les imitons pas ! dans notre solitude
Travaillons pour le ciel , livrons-nous à l'étude ;
    Ah ! profitons des jours

Que nous devons couler auprès du sanctuaire ;
Trouverons-nous jamais , mes amis , sur la terre ,
        De plus heureux séjours ?

Et puis chante souvent : ta voix mélodieuse
Résonne parmi nous comme une note heureuse
        Empruntée aux élus.
Nous aimons les accords de ta lyre sonore ,
Langage harmonieux que l'on écoute encore
        Quand on ne l'entend plus.

A UN AMI

Lorsque tu rejoignis les zouaves de Charette,
Ton départ imprévu nous laissa tous en pleurs,
Mais tu nous reviendras: aux lauriers du poëte,
S'unira sur ton front le laurier des vainqueurs.

LES ROSES

Idylle imitée d'Ansone.

Elle et moi dans mon jardin.

On était au printemps et de sa douce haleine
Le zéphyr embaumé chassait les froids piquants.
Le blond Phœbus suivait l'Aurore dans la plaine
Qu'il inondait déjà de rayons éclatants.

J'errais dans mon jardin, dans mes fraîches allées
Aspirant à longs traits l'air pur et matinal.
Je vis sur le gazon des gouttes d'eau gelées ;
Vous auriez dit de loin des perles de cristal.

Elles pendaient parfois ; ou sur des touffes d'herbes
Refletaient les couleurs, les tons de l'arc-en-ciel,
Et je vis des rosiers dont les roses superbes
Aux essaims bourdonnants promettaient un doux miel.

La rose est la reine des fleurs,
C'est le bijou de la nature
Qui lui prodigue sans mesure
Et parfums et couleurs.

Et je me demandais si la rose à l'aurore
Empruntait ou donnait sa teinte de carmin ?
Elles ont même éclat, même couleur encore,
Même aspect radieux aux heures du matin.

Peut-être même odeur ; mais l'astre dans la nue
Exhale son parfum de rose sous mes pas.
Se ressembler ainsi ! quelle cause inconnue
Veut que la fleur, l'étoile, aient les mêmes appas ?

Ah ! de toutes les deux Vénus est souveraine :
Elle leur a donné la pourpre, la fraîcheur,
L'éclatante beauté, comme une auguste reine
Donne même parure à ses dames d'honneur.

Pour défendre un bouton naissant
Avant que ses pétales s'ouvrent,
De légers tissus le recouvrent
Comme les langes d'un enfant.

Et puis la fleur grandit sous les pleurs de l'aurore,
L'haleine du zéphyr et les feux du soleil;
Elle ouvre sa prison; la voici près d'éclore,
D'offrir à nos regards son calice vermeil.

Mais quoi ! je ne vois plus la rose épanouie
Qui naguère étalait sa robe de satin.
Et pourtant elle avait une grâce infinie
Qui devait... mais qui peut conjurer le destin ?

J'aperçois sur le sol sa corolle fanée.
Tu brillas un instant, mais pour t'évanouir !
Pauvre fleur, je te plains, je plains ta destinée,
Un jour te vit éclore, un jour te vit mourir.

Ici-bas c'est ainsi que passe toute chose,
Et les plus belles fleurs durent le moins longtemps;
Car la longueur d'un jour est l'âge d'une rose.
Qu'importe qu'elle soit la gloire du printemps !

Quand l'astre de Vénus la laisse éblouissante,
La rose exhale au loin de suaves odeurs ;
Mais quand l'astre revient, il la trouve mourante
Près de nouveaux boutons, prémices d'autres fleurs.

La naissance et la mort se touchent sur la terre.
A côté de la joie on rencontre le deuil ;
Et l'on voit tous les jours, déplorable misère !
Le berceau d'un enfant passer près du cercueil.

Mais pourquoi tant de soins pour la rose, ô nature,
A quoi bon épuiser ton art pour l'embellir ?
Oh ! pourquoi lui donner sa riante parure,
Hélas ! si nous devons sitôt la voir pâlir ?

Jeune fille, comme la rose
Qui bien souvent pare tes blonds cheveux,
Chaque jour t'embellit, chaque matin dépose
Un charme sur ton front, un attrait dans tes yeux.

Hâte-toi de cueillir la fleur de la jeunesse,
Pendant qu'elle s'épanouit ;
Enfant, que ton printemps coule dans l'allégresse.
Hélas ! beauté sitôt s'enfuit.

A UNE DEMOISELLE

QUI CHANTA DANS UN DINER

Si Dieu donna le génie au poète,
S'il donna aux fleurs leur aimable couleur,
Le doux parfum à l'humble violette,
A nos soldats la bouillante valeur,
Dans le partage où parut la nature,
Où chacun vint demander quelque bien,
Dieu vous donna la beauté, la voix pure ;
Mais il en est qui ne reçurent rien.

Quand sur le soir le rossignol commence
A moduler son chant mélodieux ,
Tous les oiseaux aussitôt font silence
Pour écouter ce chant digne des cieux.
Un vent plus frais gémit dans le feuillage,
Et le ruisseau coule plus doucement.
Le rossignol cesse-t-il son ramage ,
Tout reste encor dans le recueillement.

Chantez , vous dont la voix douce et bénie
Sait moduler des accords si touchants.
Et permettez à mon âme ravie
De respecter la douceur de vos chants.
Ne demandez jamais, Mademoiselle ,
Telle demande aurait peu de bonheur ,
Au passereau la voix de Philomèle ,
Et la voix juste à votre serviteur.

Dieu donne aux lis leur robe immaculée ,
Touchant emblème offert à la pudeur,
Il donne aux cieux cette voûte étoilée,
Qui de sa main célèbre la grandeur.
Dans le partage où parut la nature ,
Où chacun vint demander quelque bien ;
Dieu vous donna la beauté, la voix pure :
Je suis de ceux qui ne reçurent rien.

CONSEILS A UNE JEUNE FILLE

Rieuse et douce jeune fille,
Votre beauté nous charme et brille,
Mais ne durera qu'un moment.
Oh ! n'attachez point votre vie
A ce frêle roseau qui plie
Au plus léger souffle du vent.

Des fleurs vous avez la durée
Et vous n'êtes pas assurée
De l'avenir le plus prochain.
Comme la fleur qui vient d'éclore ,
Hélas ! vous brillez une aurore
Vous n'avez pas de lendemain.

Mais que votre bouche n'offense
Jamais la divine Providence
Et n'accuse point le Seigneur.
Sachez obéir et vous taire ,
Sachez découvrir le mystère
Caché dans le sort d'une fleur.

Que vous dit la rose : « Tout passe. »
Et le printemps jamais ne se lasse
D'effeuiller des fleurs en son vol.
La beauté n'est pas de la terre ,
Et comme une plante étrangère
Elle se meurt sur notre sol.

Dieu ne la montre en cette vie
Que pour rappeler la patrie
A notre cœur trop oublieux.
Comme l'éclair qui fend la nue ,

A peine l'avons-nous connue
Qu'elle disparaît à nos yeux.

Mais la rose laisse après elle ,
Un air parfumé qui révèle
Son court passage parmi nous.
Enfant, puisse votre sagesse
Nous laisser de votre jeunesse
Un souvenir durable et doux !

A Mme X. BATTUE PAR SON MARI

CONSOLATION.

APRÈS L'HIVER VIENT LE PRINTEMPS

La neige comme un blanc suaire
A beau couvrir au loin la terre,
Elle ne peut durer longtemps.
Bientôt sous de tièdes haleines
Nous verrons reverdir nos plaines,
Après l'hiver vient le printemps.

La vie est maintenant cachée,
La forêt semble desséchée
Par le souffle froid des autans;
Mais laissons agir la nature,
Elle reprendra sa parure:
Après l'hiver vient le printemps.

O vous dont l'âme est si meurtrie,
Vous qui vous plaignez de la vie,
Gardez l'espoir d'un meilleur temps.
Laissez passer les jours d'orage
Et ne perdez jamais courage;
Après l'hiver vient le printemps.

A MA FUTURE ÉPOUSE

T'aimer et te le dire ,
Puis être aimé de toi,
Voir ta bouche sourire
Et me donner ta foi.

Te protéger , ma belle,
Comme le fier ormeau
Défend la fleur si frêle ,
Abrite le roseau ;

Te sentir frémissante
Appuyée sur mon bras ,
Presser ta main charmante
Et conduire tes pas

Bien loin , bien loin du monde
Ainsi que deux cours d'eau
Réunissant leur onde
Et ne font qu'un ruisseau ;

Unir ainsi nos âmes
Et vivre seuls tous deux ,
Brûler des mêmes flammes
Former les mêmes vœux :

Voilà, ma douce amie,
Ce que mon cœur envie
Et désire ici-bas ;
Que toute chose change ,
Crois-en mon cœur , bel ange ,
Il ne changera pas.

A UN ENFANT

Enfant, garde ton innocence,
Que ton âme en sa transparence
Laisse voir tes pensers, ainsi que le ruisseau
Du lis odorant des vallées
Peint les feuilles immaculées
Dans le pur cristal de son eau.

20.

SONNET

A Monsieur X. dont le gai caractère charme
tous ses amis.

Quand Jean rendait aux Juifs par l'eau du saint baptème
L'espoir du Paradis avec la pureté ;
Quand il les relevait du premier anathème
Resplendissants de gloire et d'immortalité ,

Il savait, ce grand saint, que le bonheur suprême
Se trouve sur la voie où marche l'équité ;
Aussi votre patron vous donna-t-il lui-même
L'amour de la Justice et la douce gaîté .

Cette aimable gaieté jamais n'est refroidie ;
Elle sait embellir et faire aimer la vie ,
Répandre autour de vous la joie et le bonheur.

Elle dévoile en vous la belle âme du sage
Que ne trouble jamais le vent d'aucun orage,
Car la franche gaieté vient de la paix du cœur.

A Mme MARIE J.

Il m'en souvient pourtant, il m'en souvient encore,
Une muse céleste à la robe d'azur
Vint m'apporter du ciel une harpe sonore
      Au rythme doux et pur.

Elle aime les loisirs, la paix de la retraite,
D'un verdoyant paysage, elle aimait les couleurs ;
Et ses yeux préféraient la douce violette
      Aux plus charmantes fleurs.

Quand vinrent les soucis et les soins de la vie,
Elle s'est envolée à son premier séjour ;
Et ma lyre n'a plus aucune mélodie
       Hélas ! depuis ce jour.

Mais à votre bonté puisqu'ils peuvent suffire,
Ces vers que je voudrais pour vous si bien rimés,
Il restera toujours une corde à ma lyre
       Pour ceux que vous aimez.

Quand on vous a donné votre doux nom, Marie,
Ce beau nom émané du langage divin,
Ce nom suave et pur, écho plein d'harmonie
       Des chants du séraphin ,

La mère du Sauveur devint votre patronne ;
Et son auguste main a rendu votre cœur,
Comme les lis si blancs qui forment sa couronne ,
       Eclatant de blancheur.

C'est l'astre radieux, qui dans le premier âge
Inonda de rayons votre frêle berceau ,
C'est l'étoile des mers qui toujours au rivage
       Guide votre vaisseau.

Elle vous a de dons et de grâces parée,
Elle a sur votre front déposé la beauté,
Comme dans votre cœur, cette mère adorée,
        Répandit la bonté.

Ah ! demeurez toujours aussi bonne que belle,
Que chaque heure en fuyant vous apporte un bonheur,
Que notre amitié croisse et devienne immortelle :
        C'est le vœu de mon cœur.

RÉPONSE A UNE INVITATION

Et moi, triste rêveur, de mon toit solitaire,
Mon seul plaisir, hélas ! sur cette pauvre terre
Est de penser toujours à mes tendres amours,
                    Toujours, toujours.

POISSONS D'AVRIL

*

Envoi d'une carte de visite.

Jeune habitant des eaux, qu'avril ce mois trompeur,
De poisson innocent a fait poisson perfide,
Porte à ma bien-aimée, ô messager rapide,
Sous ce voile discret les pensers de mon cœur.

AUTRE

Jamais si beau poisson ne parut sur la table
Et n'ayant point d'arête, il doit être excellent,
Il est aussi discret que vous êtes aimable,
Devinez, s'il vous plaît, qui vous fait ce présent.

A UN AMI

REFUSÉ AUX EXAMENS DU BACCALAURÉAT.

Ami, vous partez pour un bien court voyage,
Non loin d'être abattu par les coups du destin,
Vous partez aujourd'hui, le cœur plein de courage,
Le triomphe est certain.

LA VIE

De brillantes couleurs mon horizon se dore !
Quels sont tous ces soleils , tous ces astres si beaux ?
O songes disparus ! Vous reverrai-je encore ?
Va-t-il à mon esprit briller une autre aurore ?
          A mon amour des feux nouveaux ?

Je voudrais espérer même sans espérance ,
Je fuis le dur aspect de la réalité
Je souffre, et je voudrais oublier ma souffrance,
Et rendre son essor à mon cœur qui s'élance ,
          Vers la douce félicité.

Assez et trop longtemps, une douleur amère
A fait ployer mon front sous le poids des soucis.
Oui! je veux m'enivrer d'une joie éphémère,
Et voir des rêves d'or dans leur course légère
      Charmer encore mes tristes nuits.

Mais comment oublier mes amours disparues
Et les illusions? Oh mon cœur délaissé!
Lueurs d'un idéal que je n'ai qu'entrevues,
Et que je vis s'enfuir, aussitôt qu'aperçues
      Dans la sombre nuit du passé!

Ah! la vie est un triste enchaînement de peines!
Le matin fait éclore et le soir fait ternir,
Et la fatalité qui nous lie à ses chaînes,
Se joue avec dédain des paroles humaines,
      Et dispose de l'avenir.

Ainsi, tous nos plaisirs ne sont qu'une vaine ombre,
Quand la réalité vient éclairer mon cœur;
Et nous marchons longtemps sous un nuage sombre,
Qui nous voile les yeux et nous cache le nombre
      Des angoisses et des douleurs.

17° vers, lisez : *nos cœurs.*

Nous, mystères jetés au milieu des mystères,
Nous allons où nous mène une vague clarté,
Qui cessera bientôt ses lueurs mensongères
Pour nous abandonner, voyageurs solitaires,
  Perdus sur un monde agité.

Ainsi va le vaisseau sur l'Océan qui gronde,
Quand le vent a brisé ses voiles et ses mâts;
Le ciel est ténébreux et la vague est profonde,
Sur la mer en fureur, sur l'écume de l'onde,
  On voit la mort à chaque pas.

Pour nous, jamais de port et jamais de rivage
Toujours la pleine mer, toujours l'horizon noir;
Sans cesse nous allons de naufrage en naufrage;
Misérables jouets d'un éternel orage
  Notre matin est notre soir...

❯❯❮❯❯❯❮❮❮❮❯❮❯❮❯❮❮❯❮❯❮❯❮❯❮❯

A Mlle MARIE M.

Qu'il est suave et doux votre beau nom, Marie !
Le chant du rossignol et la brise du soir
Pour mon âme n'ont pas l'ineffable harmonie
De ce nom bien-aimé qui me remplit d'espoir.

De toute pureté ce nom est le symbole ;
Les anges dans les cieux le répètent en chœur,
Puis encore ici-bas, cette unique parole
      Fait tressaillir mon cœur.

Au milieu des dangers votre auguste patronne
Est l'étoile des mers qui guide le marin.
Mais pour moi c'est à vous que mon cœur s'abandonne,
Belle étoile : brillez, éclairez mon chemin.

L'homme est plein de fierté, mais pourtant il soupire
Et se sent défaillir au moindre coup du sort.
Il a souvent besoin d'un bienveillant sourire
        Qui le rende plus fort.

Quand un amer chagrin nous fait perdre courage
La femme a dans son cœur un remède à nos maux
Quoique faible, elle sait résister à l'orage
Qui déracine l'arbre et courbe les roseaux.

Je vais bientôt partir, ma chère fiancée,
Emportant avec moi, vos serments, votre foi ;
Marie, où vous serez, là sera ma pensée ;
        Souvenez-vous de moi !

A MA MÈRE

Lettre de compliment pour sa fête.

Si tu savais, ma tendre mère,
Combien je t'aime et te vénère
Et comme je voudrais te voir
A l'abri de toute tristesse
Passer tes jours dans l'allégresse,
Depuis le matin jusqu'au soir,

Toutes les richesses du monde
Et les brillantes perles que l'onde
Recèle et dérobe à nos yeux,
Les fleurs qu'avril va faire naître,

Rien pour toi ne pourrait paraître
A mon cœur assez précieux.

Mère, je te dois tout depuis que je respire ;
Je ne saurais compter tous les soins que m'inspire
Ton amour infini.
Quand le moindre danger vient menacer ma tête
Je te vois accourir, de ton âme inquiète
Le bonheur est banni.

Je ne puis rien donner, rien pour tant de tendresse
Mais une voix du ciel me répète sans cesse
Une bien douce loi :

« Me dit de travailler et d'être toujours sage,
» Que mes progrès enfin seront le plus sûr gage
» De mon amour pour toi ».

Ainsi me parle ta patronne
Chère maman, qu'elle nous donne
A toi, joie et bonheur constant,
A moi, la force et le courage
Dont on a besoin à mon âge
Pour devenir « sage et savant. »

A UNE RELIGIEUSE

LE BONHEUR DANS LA SOLITUDE

I

Non loin des lieux charmants où ma muse ravie
Se reportant en rêve au berceau de ma vie,
    Tend parfois son essor ;
Où murmurant ainsi qu'une lyre plaintive,
Un beau fleuve embaumé par les fleurs de sa rive
    Déroule ses flots d'or ,

Il est, au pied d'un mont, un solitaire asile,
Sur la mer de la vie un port sûr et tranquille,
      Un aimable oasis.
Là, des vierges du ciel au désert de ce monde,
Coulent des jours heureux en une paix profonde
      Sans regrets ni soucis.

II

C'est pour un Dieu d'amour que leur âme soupire;
Jamais le souffle impur de ce siècle en délire,
A leur âme un seul jour n'a donné le trépas ;
Et leur regard est pur comme celui des anges ,
Elles semblent marcher au-dessus de nos fanges ,
      Et ces vierges ne disent pas :

« Amour, si tu savais comme brûle ta flamme !
Douleur, remords, pourquoi déchirez-vous mon âme ?
Eternel Dieu ! pourquoi ces pleurs que j'ai versés ?
Aimables voluptés, illusions ravies,
Doux rêves qui doriez l'horizon de ma vie,
      Adieu, plaisirs vite passés !

Pourtant vous étiez beaux , ô mes jours d'innocence ,
Sur mon front de seize ans rayonnait l'espérance ;
J'avais soif d'un bonheur que je n'ai pu goûter ,
Et sous mon ciel d'azur tout semblait me sourire ,
Je chantais le Seigneur aux accords de ma lyre,
      Car je ne savais que chanter !...

Ainsi quand vient l'exil, l'exil et sa tristesse,
A l'écho qui gémit l'oiseau redit sans cesse
Un dernier chant sublime arraché de son cœur.
Je chantais, pauvre enfant, mais vint un jour d'orage
Qui m'entraîna muet sur des flots sans rivage,
   Et tu t'enfuis, ô mon bonheur !

Et moi, battu des vents comme une fleur flétrie,
Cherchant où reposer ma tête endolorie,
J'errais, et chaque jour me vit bientôt languir;
La vie ainsi toujours comme un torrent s'écoule,
Ainsi le lis si pur sous le pied qui le foule
   Voit ses parfums s'évanouir.

Sœurs des vierges du ciel, auréoles bénies
Qui brillez nuit et jour sur nos mouvantes vies,
Dieu d'un souffle infini vous créa pour l'aimer.
Et vous gardez encor l'empreinte éblouissante
De la beauté qui mit sa parole puissante
   Sur votre front pour le charmer.

Vierges, oh ! dites-moi ce que la nuit, en rêve,
Un chérubin plus beau qu'un soleil qui se lève
Vient vous dire tout bas des splendeurs de son ciel !

Que vous dit le Seigneur, quand, dans son sanctuaire
Vous venez sur le soir répandre une prière;
      Que vous dit-il, Lui, l'Eternel?

Hommes, ne vantez plus vos rapides délices,
,Ces fleurs que vous cueillez aux bords des précipices,
Et qui, vieilles d'un jour, n'ont pas de lendemain.
Laissez-nous ces regrets, cet amour et ces songes,
Ces honteux souvenirs qui ne sont que mensonges,
      Ces dieux que vous flattez en vain.

Et venez contempler dans leur sainte chapelle
A genoux, et priant la sagesse éternelle,
Ces vierges qu'on repousse et qu'on voudrait haïr.
Venez, voluptueux, dont les lèvres arides
Ne savent qu'insulter aux colombes timides,
      Vous tous qui voulez les flétrir.

Venez : que de candeur respire leur visage,
Voyez ce doux sourire au mépris, à l'outrage,
Pour Dieu plus de souffrance enfante plus d'amour.
Et de l'aurore au soir, du soir jusqu'à l'aurore,
Malgré vous, ô bourreaux, elles prieront encore
      Ce Dieu jusqu'à leur dernier jour.

Venez, vous qui cherchez, loin des bruits de la terre
Un asile secret dans l'ombre et le mystère,
Pour répandre des pleurs :
Venez vous reposer, jeunes filles souffrantes,
Dont l'âme s'est mûrie aux ardeurs dévorantes
Du soleil des douleurs.

Venez, vous trouverez le bonheur sans les larmes ;
A l'ombre des autels vous trouverez des charmes,
Des charmes infinis.
Et vous pourrez, brûlant d'une divine flamme,
Déverser dans un cœur le trop plein de votre âme :
Vos jours seront bénis.

MES SOUVENIRS A Mlle MALVINA

Mon cœur brûle toujours , mais mon âme est glacée,
Le plaisir s'est enfui , mais l'amour reste encor
Et depuis mon départ , en ma triste pensée ,
Le noir chagrin s'éveille et le bonheur s'endort.
Te voyant, j'oubliais, ennuis , peines , tristesses ,
Ravi, je m'enivrais de ton affection,
Je m'endormais bercé par tes tendres caresses ;
Pouvais-je alors croire à notre séparation ?
Près de toi j'ai vécu ! tu le sais, l'existence

Est vide sans l'amour, qui seul peut la charmer
Je vivais de te voir, je vivais d'espérance,
Je vivais de ton cœur! car vivre c'est aimer!
Que vous êtes cruels, sombres jours de l'absence,
De m'avoir séparé de tout ce que j'aimais!
Loin de toi, Malvina, je dévore ma souffrance,
Loin de toi, mon bonheur n'est que dans mes regrets,
Et puis de Mesterrieux, mes amitiés si chères
Ont laissé là mon cœur, mes amours, mes plaisirs;
Qui peut comprendre ici, mes douleurs trop amères?
Je n'ai plus que ton nom, et tes beaux souvenirs!
Oh! les beaux jours, depuis que mon âme charmée
S'était donnée à toi; que de bien doux instants!
Las! trop vite écoulés près de ma bien-aimée,
Lorsque de notre amour, nous vivions palpitants.
Mes mains pressant tes mains, épaule contre épaule,
Et sans savoir pourquoi, l'un et l'autre oppressés;
Notre bouche s'ouvrit sans dire une parole,
   Et nous nous sommes embrassés.
Près de nous l'hyacinthe avec la violette
Mariaient leur parfum, qui montait dans l'air pur;
Et nous vîmes tous deux en relevant la tête
Dieu qui souriait à son balcon d'azur.
Aimez-vous, disait-il; c'est pour rendre plus douce
La route où vous marchez, que j'ai fait sous vos pas
Dérouler en tapis le velours de la mousse.
Embrassez-vous encor, je ne regarde pas.

21

Combien j'étais heureux ! quand de ta chevelure
Mes lèvres effleuraient les gracieux anneaux.
Enivré, j'aspirais ton haleine si pure,
Si je souffrais alors, j'oubliais tous mes maux.
Mais quand je reviendrai près de toi, douce fille,
Je sentirai ton cœur palpiter sous ma main,
Je brûlerai des feux dont ton œil noir scintille,
Je pourrai tous les soirs dire encor : à demain.

MON PREMIER BAISER

Qui me rendra ce jour, où mes lèvres brûlantes
Cueillirent sur ta bouche un long baiser d'amour,
Où je pressais tes mains entre mes mains tremblantes ;
      Qui me rendra ce jour ?
Ta bouche murmurait ce mot si doux : Je t'aime :
Je sentais sur mon cœur ton sein qui palpitait,
Et de tes longs cheveux roulés en diadème,
      Le parfum m'enivrait.
Sur mes lèvres courait ton haleine embrasée,

Ivre de volupté, j'avais fermé les yeux,
Je ne vivais plus, et mon âme abusée,
    Me transportait aux cieux?
C'était un soir d'été. Pous nous, ma bien-aimée,
Le rossignol chantait son premier chant du soir,
Le zéphyr qui passait sur son aile embaumée
        S'arrêta pour nous voir?
Puis tu laissas tomber ton front sur mon épaule,
Ton front où la pudeur se plait à demeurer.
Ton beau front couronné d'une blanche auréole,
        Et te mis à pleurer.
Mais je séchais tes pleurs sous d'ardentes caresses,
Car tes larmes, enfant, me rendaient presque fou,
Et de tes noirs cheveux, je déliais les tresses,
        Dont j'entourais mon cou?
Oh! qui me le rendra ce bonheur éphémère?
Verrai-je sur mon cœur, Elmina revenir?
Il ne me reste plus, hélas! en ma misère,
        Rien que le souvenir.
Comme deux tourtereaux se caressant de l'aile
Sur la branche où bientôt leur nid doit reposer.
Nous nous étions juré une flamme éternelle
        Pour ce tendre baiser.
Et moi pour conserver ma promesse jurée,
Je défendis mon cœur contre d'autres amours;
Trois printemps ont passé sur ta tête adorée,
        Et je t'aime toujours.

Mais toi, comme l'abeille inconstante et volage
Qui butine son miel sur des milliers de fleurs,
Tu te lassas bientôt de ton doux esclavage,
      Et t'envolas ailleurs.
Je t'attendis longtemps ; tous les jours ma prière
S'envolait vers le ciel et t'implorait tout bas,
L'hirondelle revint sous mon toit solitaire
      Et tu ne revins pas.
Non tu ne revins pas ; et je t'attends encore
Enfant, qui réchauffas mon cœur de ton amour,
Et du matin au soir, de celle que j'adore,
      J'attendrai le retour.
Jusqu'à ce que la mort, fille de la souffrance,
Me précipite enfin dans l'oubli du tombeau,
Car ange bien-aimé, sans toi, mon existence
      Est un trop lourd fardeau.

L'ENFANT MOURANT

Hélas ! il faut mourir ! ne pleure plus, ma mère,
Je vais rejoindre au ciel, et mon père et mon frère,
Ne pleure pas. Tes pleurs me feraient trop souffrir.
Je verrai ce Jésus, dont tu m'appris naguère
A respecter le nom, à dire la prière.
    Adieu, je vais mourir.
Mère, écoute, j'entends une voix qui m'appelle,
C'est mon ange gardien, c'est une voix des cieux :

« Enfant, viens avec moi, viens vite, me dit-elle,
      Viens, tu vas être heureux. »
Mais tu verses des pleurs, ô ma mère chérie,
Mais j'entends les sanglots, j'entends ta voix qui prie
Dieu, de me conserver... Oui, je vivrai pour toi,
Je ne veux pas de Dieu la céleste patrie,
Sur ton sein maternel, je veux vivre ma vie,
      Ange, paix, laisse-moi.
Il dit et tend les bras à sa mère éplorée,
Il couvre de baisers ses yeux chargés de pleurs;
Et cette pauvre mère un instant consolée
      Oublia ses douleurs.

DÉSESPOIR, REPENTIR, PRIÈRE

ET CONSOLATION

Un jour désespéré, dompté par la souffrance,
Je levais vers le ciel mes yeux baignés de pleurs,
Mon pauvre cœur brisé, veuf de toute espérance,
       Ne comptait plus que des douleurs.
Sort cruel, m'écriai-je, eh ! quoi ! ton injustice
N'avait donc pas encore épuisé sa rigueur,

Et Dieu, Dieu dont le prêtre exalte la justice,
 Pour moi ne fit pas le bonheur.
Eh bien ! qu'il en soit fait, destin impitoyable,
Victime de tes coups, je vis pour les souffrir,
Assouvis donc sur moi, ta fureur implacable,
 Je te brave... je veux mourir.
Oui, oui je peux mourir. Je veux briser ma vie,
M'affranchir à jamais d'un trop injuste sort,
Et délivrant mon âme à ce corps asservie
 Vers le ciel lui donner l'essor.
La mort n'est pas un mal, non, c'est la délivrance ;
C'est pour le malheureux un asile éternel ;
C'est la fin de ses maux, sa dernière espérance
 Puisque ici-bas tout est mortel.
Je disais, cependant la nature était belle
Et les oiseaux chantaient leur cantique d'amour
Célébrant à l'envi la bonté paternelle.
 Du Dieu qui leur donna le jour,
Ils chantaient leur bruyante et joyeuse harmonie,
Ne pouvant rappeler le calme dans mon cœur ;
Ils chantaient et semblaiemt dire en leur symphonie,
 Avec moi, bénis le Seigneur.
Lui seul est grand, lui seul mérite des louanges
 Sur la croix, son fils expia tes forfaits.
Mortel, joins donc ta voix au concert des saints anges
 Pour chanter aussi ses bienfaits.
Pour nous tous il créa ces astres de lumière,

Cet immense Océan, merveille d'un seul jour !
A toi seul il donna l'empire de la terre
    Et le ciel pour dernier séjour.
Adore donc, enfant, cette bonté suprême,
Admire la grandeur de cet être immortel !
Aime ce tendre père, aime-le pour lui-même
    A genoux devant l'Eternel.
Je restais, impassible et sombre en ma misère,
Accusant le destin, implorant le trépas
Et jetais même au ciel un regard de colère
    En disant : Dieu n'existe pas.
Insensé, qu'as-tu dit ? Crois-tu par ce blaphème
D'un Dieu ton créateur, ton maître, te venger ?
Oh ! tremble, malheureux ! Songe à l'heure suprême
    Où ce Dieu viendra te juger.
Cette voix du remords terrible et grand mystère
Rappelle ma raison, arrête ma colère,
Et de mon cœur calmé s'élève ma prière
    Pour la mère de mon sauveur.
Refuge des pécheurs, ô Marie, ô ma mère,
Toi, que les mortels n'implorent pas en vain
Dans cette vie où tout n'est, hélas ! que misère,
    Tends-moi ta secourable main.
Si de ton divin fils j'ai nié l'origine ;
Si je l'ai regardé comme un homme martyr ;
Si j'ai raillé pafois sa très-sainte doctrine,
    Pardonne à mon repentir.

Vois , je n'ai que quinze ans et cependant de larmes,
La source dans mes yeux n'a pu encore tarir
Et la vie a déjà pour moi perdu ses charmes
      Et déjà je voudrais mourir ,
Mais mourir à quinze ans , mourir lorsque la vie
Commence son printemps, dire adieu pour jamais
A l'horizon lointain , à la verte prairie
      A tout ce qu'ici-bas j'aimais ;
Mourir , et ne plus voir sur son aile rapide
L'hirondelle légère arriver au printemps
Et , semblable à la fleur , sous un tranchant avide ,
      Tomber comme elle , avant le temps.
Je finissais à peine : un ange au doux visage
Un de ces chérubins habitant de l'Eden ,
Beau comme l'Enfant-Dieu qui contemple le Mage
      Dans la crèche de Bethléem ,
      Apparut pour me supplier
      Qu'encore je pouvais rester.

CAVE NE ALIENAM

UXOREM . APPETAS

Qui que tu sois , crois en ma jeune expérience,
N'aime jamais d'amour la femme du prochain ,
Tu te préparerais mille tourments sans fin ,
Et de remords affreux , encor pire souffrance.
Fuis ces fausses douceurs de ce coupable amour.
Porter le déshonneur dans un joyeux ménage ,
Sur le bonheur d'autrui jeter un noir nuage
Pour satisfaire ainsi ta passion d'un jour ;
D'une femme souiller la robe d'innocence ,

Rire de son amour, rire de son honneur,
Et lui ravir encor un reste de pudeur,
Quelle honte ! ! ! et voilà, voilà ton espérance ;
S'il arrivait jamais, infâme suborneur,
Que dans ton cœur entrât ce projet adultère ,
Ah ! songe, malheureux ! songe au moins à ta mère
Dont l'austère vertu fit seule le bonheur.

A MADAME Z.

Je ne veux plus chanter et j'ai brisé ma lyre,
Elle ne rendra plus de sons harmonieux.
Pourquoi donc venez-vous, madame, encor me dire :
« Chante. » Mais pour chanter, il faut être joyeux.
Le rossignol blessé par une main cruelle
Dans les bosquets en fleurs qu'égayaient ses doux chants
Sourit-il au chasseur de cette voix si belle
Qui préludait hier à ses joyeux accents.
Je suis le rossignol ; lorsque je vis, madame,
Pour la première fois, vos attraits enchanteurs,
Votre douceur unie à tant de bonté d'âme,
Je me sentis tout triste et je versai des pleurs.

LA MORT DU CHRIST

Lorsque sur le mont du Calvaire
Expira notre rédempteur,
On dit que du sein de la terre
Montèrent des cris de douleur.
On dit que les tombeaux s'ouvrirent,
Que les montagnes se fendirent ;
Et qu'au milieu du jour, la nuit
Vint étendre son voile sombre
Comme pour couvrir de son ombre
Ce forfait d'un peuple maudit.

On dit que cette nuit étrange
S'illumina d'un long éclair,
Pendant lequel on vit un ange
Traverser les plaines de l'air,
Sur ses ailes éblouissantes,
Il quittait les voûtes brillantes
Et le riant séjour des cieux.
Il s'arrêta sur le Calvaire,
Au pied de la croix mortuaire,
Et des pleurs mouillèrent ses yeux.

Puis déployant encore son aile,
L'ange poursuivit son chemin,
Il vint sur la cité rebelle
A la voix du Verbe divin :
« Justes, levez-vous de la tombe,
» Aujourd'hui l'Homme-Dieu succombe
» Sous les coups d'un peuple pervers,
» Et par cet attentat impie
» Le fils de l'Eternel expie
» Les forfaits de tout l'univers. »

LE CARÊME

Voilà donc ce hideux carême,
Dont partout le visage blême
Inspire une très sainte horreur.
A son aspect le riche tremble
Et le soleil lui-même semble
Se voiler devant sa maigreur.

Entendez du haut de la chaire
La voix d'un gros révérend père
Parlant au nom de l'Eternel :
« Mortels, faites tous pénitence ;
» Sans certificat de l'abstinence
» Vous ne pourrez rentrer au ciel.

Si cependant cette contrainte
A la santé portait atteinte,
Le saint Père a prévu le cas :
« Je permets, dit-il, aux fidèles
» Qui rempliront nos escarcelles,
» D'user de tous aliments gras.

Mendiez, faites des bassesses,
Attrapez l'argent des comtesses,
Puis nous partagerons à deux,
Car il faut se remplir la panse,
Et quand les sots font pénitence
Bien manger pour nous et pour eux.

Et surtout je vous recommande,
Ou plutôt l'Eglise nous mande,
De finir les harengs, les radis,
Le bon vin et la bonne chère,
Les dindons truffés, le madère,
Mènent tout droit au paradis.

Mais, ô ciel ! le pape lui-même
Contre moi lance l'anathème,
Déjà je suis excommunié ;
Pitié ! sous vos coups je succombe,
Déjà pour moi s'ouvre la tombe,
Oh ! grâce, grâce par pitié ?

LES PRÊTRES

Assez, et trop longtemps notre lâche indulgence
De ces prêtres maudits à supporté l'engeance.
Leur pied envahisseur marche sans s'arrêter,
Exils, proscriptions, rien n'a pu les dompter,
Leurs légions toujours reviennent plus puissantes,
C'est une hydre nouvelle aux têtes renaissantes.
Insensés ! ils croyaient encore comme autrefois
Aux puissances du jour venir dicter les lois.
Ces suppôts de l'enfer, ce vil tas de vils prêtres
A l'univers entier croyaient parler en maîtres.
Oui ! par leur fanatisme, ils voulaient à jamais
Etouffer en mon cœur les plus saintes croyances,
Ils ont voulu flétrir les vertus que j'aimais,
Ils ont voulu briser mes douces espérances.

Mais les temps sont changés, on ne veut plus de vous,
On se rit maintenant du saint Père en courroux,
Sur ses vieux fondements le Vatican chancelle,
Votre puissance tombe, enfin c'en est fait d'elle,
Et le siècle futur qui s'avance à grands pas
Vous dira (*nescio vos*) je ne vous connais pas.
Les bûchers entassés sur le sol de l'Espagne,
Les guerres dévastant la France et l'Allemagne,
Les rois saints défenseurs de leurs droits les plus saints
Tombent sous le poignard d'infâmes assassins.
Le fils plongeant le fer dans le cœur de son père,
Lavant ses bras sanglants dans le sein de sa mère,
Hérétiques et Turcs, Calvinistes ou Juifs,
Écartelés, pendus ou bien brûlés tout vifs.
Prêtres! tous ces forfaits et ces terribles crimes
Ne sont-ils pas le fruit de vos saintes maximes?
Là, c'est Bertrand de Goth, ici c'est Ildebrang,
C'est Alexandre encor, tigre altéré de sang,
Monstre ayant face humaine, empoisonneur infâme,
Qui de ses noirs forfaits continuant la trame,
Sur sa fille porta son impudique main,
Horreur! et féconda son déplorable sein.
C'est Alexandre aussi qui poussa la luxure
A tel point que jamais la vile Rome impure,
Que jamais ses consuls, jamais ses empereurs
N'avaient porté si loin le cynisme des mœurs.

ODE

A M. X..., directeur de pension, pour sa fête.

Lorsqu'on voit au printemps renaître la nature,
Tous les champs revêtir une tendre verdure,
Et les oiseaux du ciel dans leurs joyeux concerts
Célébrer à l'envi la bonté paternelle
De ce Dieu tout puissant, providence éternelle
     Qui veille sur tout l'univers,

Les cœurs s'ouvrent alors à la reconnaissance,
Et dans un saint transport l'âme vers Dieu s'élance,
Palpitante d'amour, d'espoir et de bonheur.
Elle voudrait déjà fuir à travers l'espace
Et délaissant enfin cette terre où tout passe,
     S'envoler vers son créateur.

Aussi dans ce beau jour nous pouvons tous sans crainte
Laisser parler nos cœurs, bannir toute contrainte
Et brûler à vos pieds notre plus pur encens.
Oui, nous donnons notre reconnaissance
Pour ces soins si touchants, cette douce indulgence
     Qu'un père a seul pour ses enfants.

RÊVE

J'aime à rêver à l'ombre de grands chênes
Quand le soleil mourant jette ses derniers feux,
Ou que l'astre du soir pendant les nuits sereines,
Promène son croissant sur la voûte des cieux.

J'aime de l'ouragan la sauvage harmonie,
Et des vents en fureur les longs mugissements,
J'aime d'un chant pur la douceur infinie
Et de l'orgue sacré les sublimes accents.
Mais j'aime encore mieux de ta voix fraîche et douce,

Le timbre ravissant, le timbre harmonieux;
J'aime mieux promener avec toi sur la mousse
Et plonger mes regards au fond de tes beaux yeux,
    M'enivrer de ta chaude haleine,
En mouillant sur ta bouche un long baiser d'amour
    Et presser ta main dans la mienne.
Quel rêve!! et cependant.. qui sait! peut-être un jour;

    Peut-être... mais cette expérience
    Ne suffit pas à mon bonheur,
    Car on dit, hélas! que l'absence
    A bien souvent changé le cœur.

    On dit que la femme est volage,
Qu'elle ignore ces mots: Amour, fidélité,
    Que les charmes de son visage
Sont un masque, cachant toute perversité.

LE PRINTEMPS

Aux jeunes Demoiselles

A bientôt le printemps, mes belles jeunes filles !
A bientôt le soleil et ses vives couleurs,
Et le chant des oiseaux, et les vertes charmilles !
    A bientôt la saison des fleurs !

Votre saison, à vous, celle où, toutes joyeuses
Sur le gazon naissant vous courez vous asseoir,
Où les cheveux légers de vos tresses soyeuses
    Se balancent aux vents du soir !

22.

Votre saison , à vous , car , mes toutes charmantes ,
C'est celle des zéphirs et des petits ruisseaux ,
Des papillons coquets et des âmes aimantes ,
  Des poètes et des oiseaux.

Et tout cela , sans vous pour lui donner la vie ,
Froid et décoloré , ne nous tenterait pas ;
Et , comme un beau miroir , tout cela vous convie
  A lui refléter vos appas.

Car le zéphir attend votre suave haleine ;
Les ruisseaux, pour vous voir, ne coulent point encor,
Quand les beaux papillons vous verront dans la plaine,
  Près de vous ils prendront l'essor.

Et près de vous aussi vous verrez les poètes
Scruter de votre front les naïves couleurs.
Ils aiment , voyez-vous vos extases muettes ,
  Comme l'abeille aime les fleurs.

C'est que vos cœurs nourris d'une sainte ambroisie ,
Nous gardent les parfums qu'ils ont reçu du ciel
Chacun de vos regards donne sa poésie ,
  Comme la fleur donne le miel.

Mais déjà tout révêt ses plus belles parures,
Les plantes ont montré leurs nouveaux rejetons,
Vos cous blancs vont sortir de leurs chaudes fourrures,
    Et les roses de leurs boutons :

Car voici le printemps, mes belles jeunes filles,
Car voici le soleil et ses vives couleurs,
Et le chant des oiseaux, et les vertes charmilles,
    Votre saison... celle des fleurs !

LA VIE D'UNE ROSE

Je la vis au matin ; elle venait d'éclore ;
Son carmin reflétait les premiers feux du jour,
Comme une belle enfant, dont le front se colore
   Aux premiers mots d'amour.

Elle ouvrait au soleil un sein encore humide ;
Son haleine y montait en légère vapeur ;
Comme vont les pensers d'une vierge timide
   A l'amour, au bonheur.

— « Rose, cache ta fleur à l'ombre de ta mère,
» Pour toi, si jeune encore, le ciel devient brûlant,
» Et, comme la Pudeur, une tige légère
    » Te soutient en tremblant. »

Mais elle était, hélas ! et trop belle et trop fière,
Et, quand un beau rayon vint à la caresser,
Ses feuilles à l'instant, dédaignant ma prière,
    Frémirent un baiser.

Puis, quand vint le midi, haletante et jaunie,
Comme un cœur qui n'a plus de rire ni de pleurs,
Comme une femme après une longue insomnie,
    Suite de ses douleurs;

Comme tout ce qui sent un feu qui le dévore,
Sous son front trop pesant la plante se pencha.
Un reste de fraîcheur la faisait vivre encore,
    Un rayon l'aspira.

Ainsi donc, au soleil son bonheur et son âme,
A lui ses premiers vœux et son dernier soupir;
Lui, ne laissa glisser de ses rayons de flamme
    Pas même un souvenir !

Et, tout seul, je pleurai sur la rose mourante,
Puis quand le vent du soir ramena la fraîcheur,
Dans les larges replis de sa robe traînante
      Il emporta la fleur !

L'HIVER

Aux jeunes filles.

Voici bientôt l'hiver. Hélas! mes jeunes filles,
Plus de courses pour vous à travers les vallons,
Plus de jeux au soleil, d'abri sous les charmilles,
    De zéphirs ni de papillons;

Plus de jolis ruisseaux pour vous mirer coquettes,
Plus d'oiseaux dont on puisse écouter les concerts,
Plus de fleurs sous vos pas; les forêts sont muettes,
    Les prés n'ont plus leurs tapis verts.

Eh quoi ! de tout cela vous n'êtes pas chagrines ?
Tout cela ne met point des larmes dans vos yeux ?
Vos fronts, encor rosés des grâces enfantines,
      Ne semblent pas plus soucieux ?

Oh ! vous avez raison vraiment : que vous importe
Le temps ou les saisons de la neige ou des fleurs,
Si chaque nouveau jour que l'âge vous emporte
      Vous laisse encore sans douleurs ;

Si l'amour a déjà de ses ailes brillantes
Etendu sur vos fronts le bienfaisant abri ;
Si, montrant son étoile à vos âmes aimantes,
      L'espérance vous a souri ?

Que ce soit sur vos fleurs que s'animent vos rires,
Que ce soit dans nos bals : pour votre front vermeil,
C'est toujours le printemps et les mêmes délires,
      L'amour, c'est toujours du soleil !

Mais lorsque sur nos cœurs son aile repliée
Laisse tomber le givre, en vain de ses présents
Mais jette les trésors : pour notre âme oubliée,
      Il n'est ni soleil, ni printemps.

Et c'est l'hiver alors avec son vent qui glace ,
Avec ses longues nuïts froides et sans sommeil ,
Sa neige qui nous couvre et que jamais n'efface
    Le feu des rayons du soleil !

Oh ! que pour celui-là , mes belles jeunes filles ,
Jamais , vous l'annonçant on ne vous dise : « Allons !
» Plus de jeux , plus de fleurs , d'abri sous les charmilles ,
    » De zéphirs , ni de papillons ! »

LE CARNAVAL

Voici le temps de la folie :
Avenir, passé, tout s'oublie
A ses accents joyeux et doux.
Pour vous mêler à nos quadrilles,
Jeunes femmes et jeunes filles,
     Déguisez-vous.

Déguisez-vous.... mais prenez garde
Que tout homme qui vous regarde
Y trouve encor quelques dangers,
Et veillez bien que votre robe
Sous ses plis trop longs ne dérobe
     Vos pieds légers.

Déguisez-vous... mais qu'on devine
Qu'il est une forme divine
Sous les pittoresques contours
D'un costume laissant paraître
La taille souple qui fait naître
     Pensers d'amour.

Déguisez-vous... mais votre bouche
Que rien ne la couvre ou ne touche
Au vif éclat de sa fraîcheur ;
Que rien ne cache le sourire
Où l'homme qui vous voit respire
     Tant de bonheur.

Déguisez-vous... Oh ! mais encore
Votre regard, brillante aurore,
Qui de l'amour ouvre les cieux,

C'est votre plus belle parure :
Ne cachez pas , je vous coujure ,
    Vos jolis yeux.

Déguisez-vous... Mais que l'on voie
Que vous êtes femmes : la joie
Vient de vous , comme le bonheur.
Déguisez-vous... Mais à notre âme
Ne cachez pas la douce flamme
    De votre cœur !

Voici le temps de la folie :
Avenir , passé , tout s'oublie
A ses accents joyeux et doux.
Pour vous mêler à nos quadrilles ,
Jeunes femmes et jeunes filles
    Déguisez-vous.

ORGUEIL DE MÈRE

« Viens dans mes bras, enfant, que je t'embrasse encore !
» Ma fille, mon bonheur, tout mon orgueil à moi !
» Repose sur mon sein ton front qui se colore
» Aux bravos dont ta mère est plus fière que toi.

» Dans le salon, déjà, pour danser on t'appelle.
» N'y vas pas... tout à l'heure... On est si bien ici !
» Enfant, regarde-moi... Que je t'ai faite belle !
» Comme tes bons regards me disent bien merci !

» Et ce n'est que d'hier que le monde t'admire,
» Doux écho de ma vie ! Oh ! mais depuis longtemps,
» Moi je l'avais prévu. Mes baisers, mon sourire,
» Payaient si bien l'effort de tes jeunes talents !

» Oui, je le savais bien, qu'au cercle des familles,
» Qu'aux salons élégants, où se presse, confus,
» Notre monde étoilé de belles jeunes filles,
» Il paraîtrait bientôt un beau soleil de plus.

» Oui, je le savais bien... Oh ! que les autres mères
» Regardent leurs trésors pâlis auprès de toi...
» Non.. qu'elles soient encor bien heureuses et fières ;
» Non... car elles seraient trop jalouses de moi.

» Tu ne sais pas, vois-tu, lorsque ta main effleure
» L'ivoire qui frémit en chantant sous tes doigts ;
» Tu ne sais pas non plus, quand la romance pleure,
» Alors qu'elle a jeté ses larmes dans ta voix,

» Comme chacun écoute, et que je suis heureuse
» Des regards enivrés qui s'arrêtent sur toi !
» Je voudrais m'écrier, tant j'en suis orgueilleuse :
» C'est ma fille, cela... c'est mon enfant, à moi !

» La plus belle moitié, savez-vous ? de ma vie ;
» Car j'augmentai sa part de ma part de bonheur.
» Dès longtemps j'avais dit, la voyant si jolie :
» Je serai la charmille, elle sera la fleur.

» Je gardais avec soin ta tige faible encore,
» Je te cachais aux vents qui venaient m'agiter ;
» Des rayons du soleil, lorsque son feu dévore
» Et lorsqu'il me brûlait, je savais t'abriter.

» Puis, quand vint le moment où ta tête rosée,
» Curieuse, cherchait un peu du bleu des cieux,
» Quand je versais sur toi la céleste rosée,
» J'en avais rechauffé l'élément précieux.

» Avec toi j'étais faible, et pour toi j'étais forte.
» L'orage me trouvait grande de mon effroi,
» Et de la goutte d'eau, qu'un léger souffle emporte
» Le poids qui te pliait me pliait avec toi.

» Puis un jour arriva : je te vis belle et grande,
» Je me voyais renaître à ton éclat vermeil,
» Et je te fis briller à la guirlande
» Qui, par chaque printemps, se déploie....

» Mais écoute : au salon, on te cherche, on t'appelle !
» Oh ! n'y vas pas encore : on est si bien ici !
» Enfant, regarde-moi... Que je t'ai faite belle !
» Comme tes bons regards me disent bien merci ! »

POURQUOI PLEURER TOUJOURS

Pourquoi donc si souvent, ô belle Poésie ,
Tes chants harmonieux révèlent-ils des pleurs?
Entre toutes , pourtant , le Ciel t'avait choisie
Pour calmer nos soucis , pour charmer nos douleurs.

As-tu donc oublié tes hymnes d'allégresse,
Et tes récits d'amour et tes contes si fous?
Et, lorsque le chagrin maintenant nous oppresse .
Ne sais-tu donc plus rien que pleurer avec nous?

Tes prêtres de nos jeux ont détourné leurs têtes;
Ils ont écrit surtout : mensonge et puis remords.
On dirait que leurs voix ont passé sur nos fêtes,
Comme un gémissement sur la tombe des morts!

Oh ! rends-nous donc les chants qui calment la souffrance;
Tes oracles toujours nous crieront-ils : Malheur !...
Cache-nous le néant, montre-nous l'espérance,
Souris, car la gaieté c'est bien doux sur le cœur;

Fais-toi donc vive et souriante
    Comme autrefois,
Reprends ta candeur attrayante,
    Ta douce voix.
Et, pour porter à la misère
    Un peu d'espoir,
Quitte pour un moment, moins fière,
    Ton manteau noir;

Mets quelques fleurs à ton corsage,
Un vêtement leste et coquet,
L'insouciance à ton visage...
A ta main encore un bouquet;
Puis, un mot d'amour à la bouche,
Les pas légers et l'œil mutin;

Viens te balancer sur la couche
Que le pauvre quitte au matin ;

Dis-lui bien que la vie est belle ;
— Mais le malheur est si subtil ! —
Cache-lui ses maux sous ton aile ,
Et peut-être te croira-t-il.
Et partout d'un peu de folie
Accompagnant ta douce voix...
Oh ! rends-nous , belle Poésie ,
La bonne gaieté d'autrefois !

L'ILLUSION

Illusion, fraîche enfant de la terre
Qui, des mortels explorant le chemin,
Sur l'avenir secoue avec mystère
L'ardent flambeau qui brûle dans sa main ;

Fée inconstante, aux promesses trompeuses,
Et dont nos yeux suivent avec ardeur
Les jeux chéris, courses aventureuses,
Qui trop souvent mènent loin du bonheur ;

Guide imprudent, qui nous prend, qui nous laisse,
Qui, sur ses pas, alors que nous marchons,
Prisme changeant, séduit notre faiblesse
Et disparaît lorsque nous approchons.

✻✻✻✻✻✻✻✻✻✻✻✻✻✻✻✻✻✻✻✻✻✻✻✻✻✻✻✻✻✻✻✻✻✻✻✻✻✻✻

PRENDS GARDE

A Mademoiselle Berthe D...

Tu m'aimes, belle enfant, et lorsque tu m'embrasses
Ton sourire se fait plus charmant et plus doux !
Prends garde cependant, en courant sur mes traces,
De t'attacher à moi d'un amour trop jaloux !

J'accepte avec bonheur tes naïves caresses.
Ainsi je caressais ma sœur, étant enfant.
Mais prends garde ! au plaisir succèdent les tristesses
Les plus belles, vois-tu, sont le jouet du vent.

Quand tu me dis : « Je t'aime ! » ô ma petite amie,
Je ne sais si je dois ou sourire ou pleurer.
Prends garde ! l'innocence en ton cœur endormie
Pourrait bien, s'éveillant, te faire soupirer !

Oui, l'âge t'apprendra que ton ami d'enfance
Ne pouvait pas compter un seul instant sur toi,
Tu sauras qu'en t'aimant j'aurais ton innocence
Et peut-être qu'alors tu rougiras de moi.

S'il en doit être ainsi, ne me dis plus : « Je t'aime ! »
Car tu ne comprends pas combien triste est l'amour !
Prends garde en m'embrassant de l'embrasser lui-même
Il te ferait pleurer, jour et nuit, nuit et jour.

BILLET D'AMOUR

MIS AU COU D'UN PIGEON VOYAGEUR

Va, mon petit oiseau, conter à ta maîtresse
Ce que dans un baiser l'amour t'a dit tout bas.
Va ! ne sois pas longtemps, car elle est en tristesse
De voir passer les jours et de ne te voir pas.

Mais surtout sois discret durant ton long voyage,
Ne te repose pas aux arbres du chemin,
Car le chasseur est là qui te guette au passage ;
Vas droit à ta maîtresse ! et reviens-moi demain !

MALHEUR A CÉSAR !

Malheur à Bonaparte et malheur à sa race,
Qu'elle soit maudite avec lui !

La France a vu tomber en soixante ans cinq rois ;
Mais qu'ils sont différents des hommes d'autrefois !
Les hommes d'aujourd'hui dans leur règne et leur chute.
Hier , c'était un soldat qui mettait à ses pieds
Les potentats vaincus , les peuples foudroyés
        Et trahi tombait dans la lutte.

23.

C'était l'aigle blessé, perdant à Waterloo
Ses vieilles légions d'Austerlitz et d'Eylau,
Et cloué par l'Anglais au roc de Sainte-Hélène,
C'était Louis dix-huit, vrai type de Bourbon,
Qui rentrait de l'exil après Napoléon
      Et nous faisait reprendre haleine.

Puis, son œuvre de paix et ses vieux jours finis,
S'en allait regretté dormir à Saint-Denis
Dans les caveaux déserts des majestés royales ;
La couronne passait au front de Charles dix
Que le peuple devait envoyer à Goritz
      Expier ses fautes royales.

Hier, c'était d'Orléans dont le plus grand défaut,
Qu'on excuse à présent, en raison de l'impôt,
Fut de vivre en bourgeois économe et bon père,
Et qui ne voulant pas régner au prix du sang,
Abandonnait son trône au peuple menaçant
      Et s'exilait en Angleterre.

Hier, nous avions des rois qui sous le droit divin
Laissaient apercevoir en tout le cœur humain,
Rois dont la majesté brillait douce et chérie,

Qui respectaient le peuple et parmi les vertus
Lui faisaient cultiver celle qu'ils n'aimaient plus,
  L'amour sacré de la patrie.

Mais le peuple a changé de maîtres et de lois.
La verge a remplacé le sceptre de vrais rois,
Et la corruption, l'honneur et le courage ;
Les neveux d'aujourd'hui ne sont que des bâtards
Qui singent les géants et n'ont que des mouchards
  Pour composer leur entourage.

Soldats d'occasion, faiseurs de coups d'Etat,
Qui n'ont jamais tremblé devant nul attentat
Pour surprendre l'empire, amateur d'équipées
Qui n'ayant d'autres lois, d'autres dieux que le sort,
Et préférant la vie et la honte à la mort,
  Brisent pour vivre leurs épées.

Et qu'importe après tout le blason des aïeux ?
Les Chevaliers s'en vont et le monde est trop vieux !
La vie est préférable à toute gloire humaine.
Et puis, qu'envieraient-ils après Solférino
Au vainqueur d'Iéna ? — S'il eut son Waterloo,
  Le prisonnier de Sainte-Hélène,

N'ont-ils pas leur Sedan? — Sedan qui nous vendit,
Sedan qui nous livra par un pacte maudit ;
Sedan qui déchaîna les Teutons sur la France !
Qui brisa dans les mains de nos plus fiers guerriers ,
Leurs armes , leurs drapeaux tout couverts de laurier,
  Leur orgueil et notre espérance!

Ah ! tu peux être fier de Sedan ! Te voilà
Mis au rang des Tibères et des Caligula,
Que dis-je ? Ils rougiraient eux-mêmes de ta gloire.
De tous les scélérats connus du monde ancien
Pas un qui soit souillé d'un crime égal au tien ,
  Bonaparte , à toi la victoire !

Ton coup du Deux Décembre avait un précédent.
Jusque-là tu singeais ; mais ton coup de Sedan
Est d'un maître, et lui seul t'enlève ton émule.
Quand elle est presque morte à porter son collier ,
La trouvant bonne à rien , que fait le muletier ? —
  Il mène à l'abattoir sa mule !

Ainsi de toi, bourreau , mais ton but fut manqué ,
Tu nous traitas toujours comme un troupeau parqué.
La France périssait, disais-tu , sans vergogne ;

Le jour où tu la crus morte, tu la vendis,
Mais elle, secouant ses membres engourdis,
    Te cria comme la Pologne :

« Je suis la Liberté, celle qui ne meurt pas ! »
Regarde ! plus de fer à ses pieds, à ses bras ;
Mais tenant le couteau qui l'aurait égorgée,
L'aile au vent, casque en tête, elle s'en va en criant :
« Debout ; vous qui dormez du sud à l'orient,
    Je suis la patrie outragée ! «

Les vois-tu se lever et marcher aux Teutons,
Les enfants de la France ! — Auvergnats et Bretons,
Bourguignons, Vendéens chantant la *Marseillaise !*
Ceux que tu croyais morts sont encore debout,
Le clairon les rassemble, accourus de partout,
    Comme aux jours de quatre-vingt-treize !

Les neveux de Charette et de Cathelineau
Qui défendaient alors contre Hoche et Marceau
Le trône des Bourbons, de leur sang rouge encore,
Ont ceint leurs baudriers semés de fleurs de lis
Et rallié leurs gens aux rives d'Acenis
    Sous l'oriflamme tricolore.

Il me semble te voir, derrière l'horizon,
Dans le château qui te sert de prison.
Couché sur un sofa tu parcours la gazette,
Où ta honte est écrite en beau texte allemand,
Sans froncer le sourcil, sans un geste, en fumant
      Ton éternelle cigarette.

Ta cour n'a pas changé : toujours même bruit !
Toujours les courtisans de l'aurore à la nuit ;
C'est leur sort d'habiter où l'empereur habite.
Le trône est déplacé, voilà tout ! — Le soleil,
Sur la Seine ou le Rhin luit d'un éclat pareil.
      On dit même que Marguerite,

Non pas celle de Faust, mais celle de César,
Dételle à Wilhemshohœ les coursiers de son char
Et fait à son amant un lit plein de mystère ;
C'est vrai que l'Espagnole, au sein d'une autre cour,
Sans peine fait son deuil du conjugal amour
      Et rit du vieillard adultère.

Voilà les mœurs des cours ! il les faut endosser
Avec les diamants, sous peine de passer
Pour femme de vertu, — chose très incommode !

La vertu vous enchaîne : ainsi, dans les salons,
Il faudrait se vêtir de la gorge aux talons,
    Et les seins nus sont à la mode.

Femme impudique ! — aux jours de la prospérité
Que de gens saluaient en toi la Charité,
Que de gens adoraient ta noblesse et ta grâce !
Ton nom courait partout au-devant des malheurs ;
Mais ton nom seul, hélas ! ton cœur était ailleurs,
    Il volait où le plaisir passe.

Au lieu d'être l'exemple et l'ange de la cour,
Et de fermer la porte aux misères du jour,
Ton souffle empestait l'air de cette odeur de roses
Qui travaille les sens, et qui fait oublier
Leur honneur à la vierge, à l'homme, à l'ouvrier,
    L'honneur la plus sainte des choses.

Et ton unique enfant, comment le formais-tu ?
Pouvais-tu lui donner des leçons de vertu,
Lorsque tu n'étais à ses yeux que le vice ?
Pauvre enfant ! n'attends pas une injure de moi !
Si j'offense quelqu'un, c'est ta mère et non toi
    Qui bus le lait de ta nourrice.

Tu vivras en exil à cause de ton nom.
Pour être, ô quel destin ! fils d'un Napoléon,
Tu ne reverras plus le beau pays de France.
Et pourtant qu'as-tu fait, toi qui n'as pas quinze ans ?
Le peuple qui proscrit le père et les enfants
       Devrait épargner l'innocence !

Mais revenons au père ! — Il me semble le voir
Courtisé, visité du matin jusqu'au soir.
Un suisse empanaché veille au seuil de la chambre ;
Sire est toujours le mot de salut et d'adieu.
Un fauteuil vous invite à prendre l'air du feu
       Devant l'homme du Deux Décembre.

Et l'on cause de guerre, et partant du pays
Où les républicains sont de tous obéis,
Malgré l'envahisseur et ses hordes barbares ;
César est stupéfait d'apprendre par les siens
Que la France est debout, tenant tête aux Prussiens
       Dont les victoires sont plus rares.

« Mais que dit-on de moi ? demanda l'empereur.
— Votre nom... vous pensez, n'est pas en bonne odeur
Depuis ! — Oui.. je devine, ils m'accusent de traître !

Les drôles ! quand Bismarck les aura fait plus doux ,
Vous les verrez bientôt se mettre à deux genoux
     Devant moi : je serai leur maître ! »

Oui, brigand , ce sera ton éternel remords
De nous voir remonter, au prix de mille morts ,
L'abîme épouvantable où tu plongeas la France.
Ce sera ton supplice ici-bas, comme ailleurs ,
Que nous puissions en paix vivre des jours meilleurs
     Après ces longs jours de souffrance.

Je ne sais plus lequel des empereurs romains
Dans un moment de rage, accusait les destins
De n'avoir pas donné qu'une tête à l'empire.
Ah ! c'est ton rêve à toi, d'hier et d'aujourd'hui,
Mais la France t'échappe ainsi que Rome à lui ,
     Et de tous les maux c'est le pire.

Console-toi pourtant ; tu ne perdras pas tout.
Ta victime, ô malheur, te poursuivra partout
Et mettra jour et nuit ton âme à la torture.
Tu la verras s'asseoir à ta table et passer
La tête sous ton front, sans pouvoir la chasser,
     Comme une ombre sans sépulture.

Ah ! tu voulais sa tête ! eh bien ! oui, tu l'auras,
Elle sera présente à l'heure où tu mourras ;
Tu n'emporteras rien dans ta tombe maudite
Que l'affreux souvenir qui brûle les pervers
Et tu continueras de souffrir aux enfers
      Où l'espérance est interdite !

UN PÈRE A LA MORT DE SON FILS

Tu commençais à peine à sourire à la vie ,
Ton doux sourire , éclos loin de l'œil maternel ,
Etait trop pur, hélas ! pour connaître l'envie ,
Et les anges sont faits pour habiter le ciel.

Ainsi nous a trompés le bonheur éphémère
Et les rêves joyeux qui peuplaient ton berceau.
La mort nous a tous pris ; et l'amour de ta mère
N'a pour se reposer que la croix du tombeau.

Oh ! puisque sous les cieux tout rêve est un mensonge ;
Et puisque l'espérance est la sœur de la mort ;
Viens, mon ange orphelin, fais-moi revoir en songe
Le berceau de mon fils et dis-moi qu'il y dort.

Rayonne dans mes nuits, mélancolique étoile !
Et penché sur son front que le deuil a creusé,
Prends à ta pauvre mère, en écartant son voile,
Le baiser de la mort qui te fut refusé.

Dis-lui que rien n'est beau, si l'on peut trouver belle
La mort d'un premier-né, qu'il n'est penser plus doux
Pour toute âme qui croit à la vie éternelle,
Que d'avoir un enfant qui prie au ciel pour vous !

MAGDELEINE

POUR LA SEMAINE SAINTE

O femme de débauche et d'impure existence
Qui vit au jour le jour de prostitution ,
Le temps est arrivé de faire pénitence ,
Le Christ est mort à bout de sang et de souffrance
Sur l'ignoble poteau de l'expiation ,
Et celle qu'on nommait hier la Magdelon ,
Le scandale public , la fille de la rue

Qui jouait sa fortune et payait ses amants,
Magdeleine à la voix du Sauveur accourue,
Echevelée, en pleurs, baise ses pieds sanglants.
N'as-tu pas entendu de l'arbre du Calvaire
Descendre le pardon suprême, universel ?
A l'heure de mourir serait-il plus sévère
Celui dont chaque pas est marqué sur la terre
Par des bienfaits sans nombre, et qui sur son autel
Donne encore au larron un rendez-vous au ciel ?
O femme, par pitié, songe à la Magdeleine
Qui s'amusait hier et qui pleure aujourd'hui !
Elle était belle aussi, ta vie était la sienne !
C'est assez d'un Judas, ne fais pas comme lui.
Quand on s'est repenti, jamais Dieu n'abandonne,
Et Judas s'écriait après qu'il l'eut vendu :
« Ah ! mon crime est trop grand pour que Dieu me pardon
Ce doute abominable a fait qu'il s'est pendu.
Pourquoi douter ainsi de la bonté divine ?
Abandonnée à toi, riche... de ton amour,
N'ayant jamais appris qu'un métier à l'aiguille,
Et travaillant la nuit pour te nourrir le jour,
Quand le cœur te manqua sous la faim, pauvre fille,
Tu te dis : « Je suis belle ! » et voyant un beau soir
A travers les rideaux de ta mansarde obscure,
Une ombre qui battait le pavé du trottoir,
Tu descendis tremblante et lui dis : « Je suis pure,
Pour un morceau de pain mon honneur est à toi ! »

O spectre de la faim ! qu'elle est dure ta loi !
Mais de l'heure infernale où ta belle innocence
Tomba comme un manteau sous les pieds d'un amant,
Tu jetas les haillons de ta noble indigence,
Et courus au plaisir d'un air d'indépendance ;
Le front chargé de fleurs, et reine du moment.
Oh ! sur ton char de fête, où le monde t'envie,
Penses-tu quelquefois à l'aube de ta vie,
A ta vieille mansarde, à ton humilité ?
Tu n'étais pas si fière alors, ô jeune fille,
Tu n'avais point de fleurs, point d'anneau, rien qui brille,
Et les anges, jaloux de ta virginité,
Se disaient ; « Qu'elle est belle avec sa pauvreté ! »
Va, reprends ton passé, tu seras plus heureuse !
Car tu dois bien sentir que le bonheur te fuit,
Et tu dois voir souvent quelque figure affreuse
Traverser ton sommeil et tes rêves de nuit.
Le plaisir passe vite et dépouille notre âme
De ce qu'en vieillissant nous avons de plus cher.
Son vin laisse à la bouche un dégoût bien amer,
Et le passé, qu'est-il ? — un souvenir infâme
Qu'on ne peut conserver sans rougir de la chair.
Si tu n'as pas encore oublié ta jeunesse,
O femme ! et s'il te reste un peu d'amour au cœur,
Tombe au pied de la croix qui porte le Sauveur,
Il te pardonnera ta coupable faiblesse :
Et lorsque tes amants, ouvriers de malheur,

Viendront dans ta maison demander leur maîtresse ,
Tu pourras leur répondre : « Elle n'est plus ici ;
Elle a pleuré sa faute , et Dieu lui fit merci ! »

ADIEU

Et maintenant adieu, mes pauvres petits vers,
Vous, mes premiers essais ; puissiez-vous sans revers
Trouver sur votre route un doux amour de femme !
Puisse une demoiselle au regard caressant
Vous chauffer en son sein, vous couver en son âme,
Petits oiseaux frileux, au plumage naissant.

✳✳✳✳✳✳✳✳✳✳✳✳✳✳✳✳✳✳✳✳✳✳✳✳✳✳✳✳✳✳✳✳

POST-SCRIPTUM

Si quelqu'un parle avec envie
Du petit livre que j'ai fait,
Sans colère je le supplie
D'en faire un autre plus parfait.

TABLE DES MATIÈRES

ERRATA

Page 75 , 5e vers , lisez : *d'innocence.*
Page 148 , 2e vers , lisez : *raidit.*
Page 175 , 12e vers , lisez : *me.*
Page 225 , 3e vers , lisez : *nos.*
Page 264 , 5e vers , lisez : *trop haut.*
Page 303 , 11e vers , lisez : *des.*
Page 323 , 26e vers , lisez : *soupçonne.*
Page 444 , 17e vers , lisez : *nos cœurs.*

www.ingramcontent.com/pod-product-compliance
Lightning Source LLC
Chambersburg PA
CBHW061022030726
47504CB00002B/223

* 9 7 8 2 0 1 9 6 0 9 1 4 6 *